rororo

Boh glaubse,
mir is neulich en
Dingen passiert!
Zum Glück war en
Fotograf dabei!

Ich möchte
nich wissen, wie oft ihr
euch schon gefragt habt, wat
soll ich bloß lesen ? ! Nich schon
wieder wat von Winnetou oder
Günter Gras ! Obwohl die beiden ja Weltliteratur sind.
(Nix für ungut,
Günter !)

Auf jeden Fall,
hier könnte eine mögliche
Antwort sein, und zwar in Form von
mein Buch, wat se gez von den Verlag,
wo dat gedruckt worden is, am
Verticken sind. Mein Gott, wat is
dat en schönes Buch geworden !
En richtiges Superbuch !

Herbert Knebel

Jetz is, wo früher inne Vergangenheit die Zukunft war

Rowohlt Taschenbuch Verlag

Für alle, die sich gern ein zusammenbasteln – der original Herbert-Knebel-Starschnitt! Am besten kopiert ihr die Seiten, sonst ruiniert ihr euch dat ganze Buch. Und dann: Ab damit an die Wand, neben den von Winnitou und Old Shätterhand!

Originalausgabe Veröffentlicht im Rowohlt Taschenbuch Verlag, Reinbek bei Hamburg, Juni 2010 Umschlaggestaltung ZERO Werbeagentur, München (Foto: Thomas Willemsen) Innengestaltung Daniel Sauthoff Satz DTL Dorian u. a. PostScript (InDesign) Druck und Bindung CPI – Clausen & Bosse, Leck Printed in Germany ISBN 978 3 499 62624 1

Inhalt

Knebelstarschnitt 1/32

Vorwort von mir selbs

Liebe Lese- und Leserratten,

ich möchte nich wissen, wie oft ihr euch schon gefragt habt, wat soll ich bloß lesen?! Nich schon wieder wat von Winnetou oder Günter Gras! Obwohl die beiden ja Weltliteratur sind. (Nix für ungut, Günter!)

Auf jeden Fall, hier könnte eine mögliche Antwort sein, und zwar in Form von mein Buch, wat se gez von den Verlag, wo dat gedruckt worden is, am Verticken sind. Mein Gott, wat is dat en schönes Buch geworden! En richtiges Superbuch!

Wenn ich die Wahl hätte, auf ne einsame Insel zu müssen, und da nur zehn Bücher mitnehmen könnte, dann würd ich neun direkt zu Hause lassen und nur dat eine von mir mitnehmen. Wat soll ich denn mit zehn Bücher auf ne einsame Insel?! Et sei denn, man kann da wat tauschen mit Eingeborene. Oder man macht mit die zehn Bücher ne Buchhandlung auf, wo se dann von andre einsame Inseln kommen und dat Buch haben wollen. So wat spricht sich ja schnell rum bei so Einsame. Wenn et hart auf hart kommt, kann man auch über ne andere Verwendung von son Buch nachdenken, wat weiß ich, en Tisch wackelt, der Grill geht nich an, Klopapier is alle, und, und, und …

In erster Linie soll son Buch ja aber zum Lesen sein, und ich muss sagen, dat Buch liest sich wie ne Eins! Und zwar bei jede Gelegenheit! Ich hab dat selber an mir ausprobiert. Ich habbet im Urlaub gelesen, beim Zahnarzt, inne Straßenbahn, im Bus, sogar

inne S-Bahn oder auch im Bett, in die vielen Nächte, wo ich nich pennen konnte. Mit dem Buch ging dat dann ruck, zuck. Meistens schon bei diesen Vorwort hier. Ich kenn Leute, die sind über dat Vorwort nie rausgekommen.

Wenn man et doch schaffen sollte, warten aber einige erzählerische Leckerbissen auf ein, wo man denkt, oh, der Knebel, dat is ja manchma en richtigen Erzähler! Der kann einem aber auch manchma viel erzählen! Deswegen hab ich versucht, gez nich nur zu erzählen, sondern die Erzählungen aufzubrechen mit wat anderes, also Fotos zum Beispiel und, und, und …

Nun aber genug der Vorworte und hinein ins Vergnügen!

Euern Herbert

Falsch geklickt

Boh glaubse, wissen Se, wo ich gez auch schon längere Zeit zu Hause bin? Im Internetz! Ja, ich find, grade als Mann inne besten Jahre sollte man sich nich vor de Zukunft verschließen. Und viele Sachen gehn ja schon gar nich mehr ohne Internetz. Zum Beispiel: Fahrkarte vonne Bahn. Da kommse am Schalter doch gar nich mehr weiter! Die ham doch da selber gar kein Durchblick mehr durch ihre Tarif-, Sonder- und Preisstufenangebote. Die müssen doch selber im Internetz reingehn, um sich fachkundig zu machen. Da hab ich mir gedacht, bevor de da son Bahnheio beim Surfen zukucks, da kannse auch selber surfen!

Ja, jetz hatte mir mein Enkel, der Marzel, der hatte mir dat alles eingerichtet, so mit Brauser und son Virruserkenner, damit der Computer sich nich ein wegholt. Und er hat mir auch son Elektropostfach eingerichtet, dat ich ma ein andern wat schreiben kann, der auch en Computer hat.

Anfangs hab ich mich noch en bissken schwergetan, weil, dat war ja für mich wat völlig Neues. Aber mittlerweile flutscht dat Mäusken wie geölt! Manchma bin ich kurz davor, mir en Wolf zu klicken.

Normalerweise geh ich immer auf so Sportseiten, Fußball hauptsächlich, aber auch Bundesliga oder BVB, die Seite von die. Aber auch Bochum oder Schalke. Man will ja auch kucken, wat die andern für ne Seite haben.

Und ich hab ja sogar en Guggel in mein Computer, wenn mich ma wat wissenschaftlich intressiert, oder auch Fickipedia. Ja, und

neulich hatt ich bei mir akut Blasenprobleme. Ich glaub, ich hatt ne Überdosis Granufink genommen. Auf jeden Fall kam nix mehr raus. Und jetz hatt ich bei Guggel als Stichwort «Blasenprobleme» eingegeben und hab ganz viel Treffer gelandet. Ja, jetz hab ich auf ein Treffer draufgeklickt, der mir intressant vorkam, da wollten die wissen, ob ich schon 18 bin. Ja nu, da hab ich natürlich wahrheitsgemäß geantwortet. Dat is ja ne Frage der Höflichkeit, dat man Antwort gibt, wenn man wat gefragt wird. Dann wollten se noch, dat ich «Enter» anklick. Jetz hatt ich bei mir auch «Enter» stehn, da war dat kein Problem.

Wie die Seite aufgeht, seh ich, dat der Guggel unter Blasenprobleme wohl ganz wat anderes verstanden hat, weil, die Kandidaten, die da zum Vorschein kamen, die hatten mit Blasen anscheinend überhaupt keine Probleme! Ganz im Gegenteil! Also, wat ne Sauerei! Da bin ich da tatsächlich auf sonne Sexseite gekommen, wo mein Frau mich immer vor gewarnt hatte. Die sachte noch bei den Kauf von den Computer, geh bloß nich aufe Sexseite!

Ja, jetz war ich aber auf eine gelandet. Wat tun?! Ich denk, klick schnell weiter! Da war ich auf einma aufe nächste Sexseite, und da, muss ich sagen, blieb ich en Moment hängen, weil, ich war schon erstaunt, wat sich auf den Sektor inne letzten Jahrzehnte so getan hat. Da waren Sachen dabei, die kannt ich gar nich aus unsre Flitterwochen. Und ich mein, die Guste und ich, wir waren für die Zeit en sehr fortschrittliches Paar gewesen. Wir ham damals schon Sachen ausprobiert, die sich viele andre gar nich getraut haben, zum Beispiel mit Licht an! Aber da hatten wir uns an für sich kein Gefallen mit getan.

Auf jeden Fall hab ich dann immer weiter geklickt, weil ich dachte, dat muss doch irgendwo en Ausgang geben aus den Sexbereich! Aber nach en paar Stunden hab ich entnervt aufgegeben und die Kiste einfach ausgemacht. Wat ich nich wusste, is aber, dat der Guggel sich alles merkt, wo er ma gewesen is mit ein, und dat man nur den Anfangsbuchstabe braucht, um dat wiederzufinden.

Tja, am nächsten Tach macht mein Frau den Guggel an und will «Blutdruck» eingeben, weil ich am Morgen mit son hochroten Kopp aufgewacht bin. Und wie die B wie Blutdruck tippt, landet die auch in den Blasbereich. Und ich muss sagen, son schönen Vormittag hatten wir schon lange nich mehr! Ja, und mein Blasenproblem war auf einma … wie weggeblasen!

Knebelstarschnitt 2/32

Fahrkartenschalter

Boh glaubse, die Tage hab ich mir gedacht, Herbert, gez, wo se alle davon reden, lässte ma Taten folgen! Tuse dich ma aktiv einbringen, tuse ma wat für de Umwelt! Ja, jetz hab ich mich gefragt, wat kann ein Mann in mein Alter noch für de Umwelt tun? Beim Regenwaldschutz war ich ja schon aktiv, wie der Günther Jauch damals da seine Aktion hatte mitte Bierkästen. Ich war jeden Abend blau! Alles fürn Urwald.

Und wie ich so überlegt hab, bin ich auf Zugfahren gekommen. Da sagen se ja immer, dat wär ne saubere Sache. Jetz hatt ich aber gar kein konkretes Reiseziel, weil, ich hatte ja – wie schon seit Jahren – gar keine Termine vor de Brust. Da hab ich mir einfach en Termin mit Reiseziel ausgedacht: gez Mittwoch, 18 Uhr, nach Oer-Erkenschwick.

Ja, da bin ich ersma mim Auto zum Bahnhof gefahren, um mir ne Fahrkarte zu kaufen. Mein Gott, wie oft musst ich um den Bahnhof rumgondeln, um an en Parkplatz zu kommen! Irgendwann sah ich dann Gott sei Dank, wie en Taxifahrer wegfuhr, und dann bin ich im letzten Moment in die Lücke reingehuscht, bevor en anderer Taxifahrer mir die wegnehmen konnte.

Ja, ich inne Schalterhalle rein und ersma an sonne Schlange drangestellt. Ich denk, kuck an, meine Idee setzt sich durch! Hoffentlich wolln die nich alle nach Oer-Erkenschwick!

Auf jeden Fall, nach 20 Minuten war ich anne Reihe. Ich sach, guten Tach, einma Oer-Erkenschwick. Und zurück. Wat macht dat? Da sacht er, kommt drauf an, wann wolln Sie denn fahren?

Ich sach, ach so, Mittwoch. Da sacht er, gez Mittwoch? Ich sach, ja. Da meinte er, tja, wärn Se ma gestern gekommen, dat wär nämlich billiger gewesen. Da wär ich in den späten Frühbucherrabatt mit reingekommen. Und ob et denn unbedingt en Mittwoch sein müsste, weil, wenn ich zum Beispiel am Wochenende fahren würd, dann käm ich in den Genuss von den Happy-Weekend-Tarifangebot. Und ich könnt obendrein noch en Kind unter sechs Jahre für lau mitnehmen. Oder noch besser wär für mich ja eigentlich dat Senioren-Zingel-Wochenende mit Aktionsfrühbucherrabatt, wo noch ne Seniorita zum halben Preis mit drinsäß.

Ich sach, dat hört sich ja interessant an, aber am Wochenende is doch in Oer-Erkenschwick gar nix los. Da meinte er, dat wär am Mittwoch au nich besser. Ich sach, da ham aber wenigstens die Geschäfte auf!

Da meinte er, passen Se auf, gez mach ich Sie en Angebot, wat Sie nich ablehnen können! Sie kommen einfach am Mittwoch aum letzten Drücker, und da verpass ich Sie dat XXL-Last-Minute-Sondersparangebot! Ja, weil, mittwochs wär im Zug tote Hose. Statistisch gesehn würd da fast kein Schwein fahren, dat wär ja klassischer Europapokalspieltag. Ich sach, ach du Scheiße! Da geht dat ja bei mir mittwochs gar nich! Weil, der Kurt Harras hat ja jetz Pay-TV auf son schönen Platzma-Bildschirm. Ich sach, nix für ungut, ich muss mir nochma in Ruhe en andern Tach überlegen.

Ja, wie ich so rauskomm und mein Auto aufschließen will, steht da en Taxi. Und der Taxifahrer grinst mich noch so doof an und sacht, Meister, wir wissen, wo dein Auto steht! Und er könnt mich auch dahin fahren. Er wär grad frei. Ja, wat blieb mir andres übrig, als mit dem zum Abschlepphof zu fahren.

Da hab ich anschließend nochma die ganzen Kosten aufgerechnet. Weiße wat, da hätt ich für den Preis auch genauso gut mim Taxi nach Oer-Erkenschwick fahren können. Und dat hab ich dann auch gemacht! War aber en Taxi mit Hybrid… Russfilter. Oder so.

Fremde Welt

Boh glaubse, wenn ich manchma durche Gegend geh
Geh ich kaputt an dat, wat ich da inne Gegend seh
Ich denk, Herbert, bisse gez etwa schon da
Wo früher inne Vergangenheit die Zukunft war?!

Denn um mich rum, das sind Klamotten, die ich einklich
nich mehr schnalle
Und dat geht nich nur mir so, sondern praktisch ... alle
Zumindest alle, die ungefähr so alt sind wie ich
Finden diese Klamotten unverständlich

Boh glaubse, nimm zum Beispiel ma en Ticket-Automat
Und zwar ganz konkret ein vonne Bundesbahn
Mit son Bildschirm, woe ersma dranpacken muss
Da is meistens für mich vom Verständnis schomma
Schluss

Mensch, früher, da hattesse da son Schalter stehn
Da konnse mit dein Kleingeld an den Schalter gehn
Da sachtesse, hömma, Meister, einma bis zu mir nach
Haus!
Und dann rückte der die Fahrkarte raus

Oder anderes Beispiel, so Scannerkassen
Wie die Kassen dat da machen, is für mich kaum zu
fassen
Für mich steht da kein Preis, da sind einfach nur so
Striche
Aber irgendswann komm ich die Kassen aufe Schliche!

Oder auch en dolles Ding is so Paketstation
Wo aber gar keiner drinsitzt, Sie wissen schon
Und trotzdem komm da die Pakete raus
Aber nur, wenn man alles richtig macht

Internetsurfen, E-Mails und Chat
Flätsrate, digitales Wasserbett
Velan, Bluetooth, Infrarot
Und für jeden Zugriff brauchse deinen Code

Ich fühl mich wie ausgesetzt inne fremde Welt
Und kein Arsch intressiert, ob mir dat überhaupt
gefällt
Bin ich Teil von ein Experiment?
Wo dat Ergebnis noch keiner kennt?

Knebelstarschnitt 3/32

Parkhaus

Boh glaubse, die Tage bin ich bald Amok gelaufen oder, genauer gesacht, gefahren. Und zwar im Parkhaus. Eigentlich fahr ich ja in so Buden nich rein. Dat is mir schon seit jeher zu unpersönlich. Der ganze Betonscheiß und die nach Pipi müffelnden Treppenhäuser … und dann musse noch dafür bezahlen! Nee, da war ich immer leidenschaftlicher Freiparker. Ja, jetz war ich aber so unter Zeitdruck, weil, ich war zu spät losgefahren. Und nachdem ich aufe Parkplatzsuche mehrere Stadtrundfahrten durchgemacht hatte, ohne ein zu finden, hab ich dann doch in den sauren Apfel gebissen und bin im Parkhaus gefahren.

Dat fing schon spitze an. Ich fahr da vor die Schranke vor und will mir en Schein ziehen, da ham die Arschgeigen die Ticketsäule viel zu weit von mein Auto weggebaut, dat ich da gar nich drankam. Ich zurückgesetzt und haarscharf am Apperat geparkt. Jetz spuckt die Säule den Ticket aus und spuckt den aber drekt aum Boden. Ich hatte gar keine Changse, den zu ergreifen. Jetz will ich die Tür aufmachen, um an den dranzukommen, aber Arschlecken! Da war die Säule viel zu nah an mein Auto gebaut. Da hab ich die Tür gar nich aufgekricht. Und hinter mir waren schon die Ersten am Hupen. Jetz musst ich durche Beifahrerseite aussteigen und einma um mein Auto rumlaufen, um an den Ticket zu kommen. Ma gut, dat mein Frau nich dabei war, sons wär ich auf die Seite ja au nich rausgekommen. Ja, dat zog sich natürlich, und hinter mir schon ne ganze Schlange am Hupen.

Da bin ich schon mit ne unheimliche Krawatte in dat Parkhaus

reingefahren. War aber dann alles frei, dacht ich. Da is meine Krawatte ersma en bissken abgeschwollen. Dann seh ich aber, dat dat alles nur Frauenparkplätze waren. Und da konnt ich ja nich mit dienen. Da is mir die Krawatte fast geplatzt.

Jedenfalls musst ich weiterfahren. Erster Stock: nix! Zweiter Stock: wieder nix! Dritter Stock: gar nix! Ja, im vierten Stock bin ich dann fündig geworden. Da war en Platz, aber zwischen zwei so dicke Jeeps. Jetz stand ich da zwischen die Oschis und wollt aussteigen, da war dat gar nich möglich, weil, ich hab die Tür gar nich aufgekricht. Ich denk, wat für ne Blindschleiche hat denn hier die Stellplätze ausgemessen! Dat war aber kein Jeepfahrer! Der hat mehr auf Isetta speckeliert.

Da wollt ich in meine Verzweiflung durche eigene Heckklappe aussteigen. Ich hatte mich schon bis zur Hutablage durchgekämpft, da fiel mir ein, dat ich die Klappe ja von außen hätte aufschließen müssen. Da hab ich versucht, durch mich auf Passanten aufmerksam zu machen, also, dat die dann mein Schlüssel nehmen, um mich aufzuschließen. Aber wie die mich da aufe Hutablage mim Schlüssel am Winken sahen, dachten die wohl, ich wär wat für de geschlossene Abteilung, wat ja im Prinzip auch der Fall war.

Ja, da hab ich den Parkplatz schweren Herzens aufgegeben. Da musst ich wieder bis nach unten runter fahren. Und wie ich dann so unten an die ganzen Frauenparkplätze vorbeikomm, hab ich auf einma meine feministische Ader entdeckt und hab bei de Weibsen eingeparkt. Ich bin kaum ausgestiegen, da kommt der Parkhauswächter und sacht, hömma, Freundchen, dat sind hier Frauenparkplätze! Ich sach, ich weiß, ich bin grad aum Weg nache Geschlechtsumwandlung. Wart ma, bis ich wiederkomm, dann krisse aber Stielaugen! Aber eins sach ich dir gleich: So Schmierlappen wie du lass ich nich ran! Schon gar nich frisch opperiert!

Lola (inschpiriert durche Kinks)

Ich traf sie inne Bar nachts in Altenessen
Und sie saß an ein Tisch ganz allein mit eine Whiskey-
Cola
Whis-Whis-Whiskey-Cola
Sie kam auf mich zu, und sie bat ummen Tanz
Ich sach, wer bis du? Und sie brummte mich an, sie wär
Lola
L-o-l-a-lola, Lo-lo-lo-lo-lola

Der Discojockey spielte ein Discohit
Wir tanzten aum Parkett alle beide mit, ich und Lola
I-i-ich und Lola
Sie packte mich beim Tanz an mein Popo an
Und ich dachte, Mann, die geht ja ran wien Mann, diese
Lola
Boh ker, wat ne Lola! Lo-lo-lo-lo-lola

Ja, wir tranken Schnaps und warn bald beide breit
Sie sachte, Mäusken, jetz wird et Zeit!
Ich hab zu Hause noch en Kaffee stehn
Den wollt ich eigentlich nich wegschütten

Wat sollte ich tun, ich ging mit sie mit
Ich war rattendoll und dann dazu noch voll, so wie Lola
Die hatte ja vorher schon die ganzen Whiskeys-Cola
Co-co-co-co-cola, Co-co-co-co-cola

Wir zogen ab
Zu sie nach Haus
Bei sie zu Haus
Zogen wir uns aus
Und sie sah mich an, und ich sah ihn!

Wie er da stand in seine ganzen Pracht
Und da war mir klar, dat is nix für ne Nacht, dieser Lola
Boh ker, wat en Lola!
Ich sachte, du, dat is nix für mich
Und ich glaub auch, ich bin nich gut für dich, leider,
Lola
Lei-lei-leider, Lola

Ja, am nächsten Tach hatt ich Mittagsschicht
Und im Förderkorb sah ich ein Gesicht
Und ich dachte noch, woher kennse den?
Dat Gesicht, dat hasse doch schomma gesehn!

Er kam auf mich zu, und er trat an mich dran
Und mit ein süffisanten Lächeln sachte er dann, ich
heiß Lothar
Lo-lo-lo-lo-lothar, Lo-lo-lo-lo-lothar ...

Knebelstarschnitt 4/32

Eifersucht

Boh glaubse, ich hab en ganz unguten Gefühl seit en paar Tage! Ich muss gez unbedingt ma mit ein drüber reden, sons platz ich! Ich glaub, mein Frau hat wat am Laufen! Ja, echt! Wahrscheinlich, vermute ich ma, mit ein andern Kerl! Ers konnt ich mir dat ja gar nich vorstellen, weil, wat kann ein anderer haben, wat ich nich schon gehabt hab? Tja, aber die Indizien sind mittlerweile erdrückend.

Dat erste Ma, wo ich so hellhörig wurde, war vorgestern. Ich komm inne Küche, da steht da ein Strauß. Mit Blumen! Ich denk, wo kommt der denn her?! Dat kann doch nich der Strauß sein, den ich der Guste damals zu ihrn Geburtstag geschenkt hab. Oder hat die den mummifiziert, weil se so gerührt war von meine Überraschung? Ja, manchma überrasch ich mein Frau. Nur nich so oft, weil, dann is et ja keine Überraschung mehr. Da muss man schomma en paar Jahre verstreichen lassen, bevor man wieder mim Strauß ausm Gebüsch kommt.

Aber der Strauß sah auch eigentlich frisch aus. Ich denk, besorgt se et sich jetz selbs, also … dat Grünzeugs? Oder is dat en heimlichen Verehrer, der et ihr besorgt, also … dat Grünzeugs? Und dann merkt ich drekt auf einma, wie der Stachel vonne Eifersucht in mir hochging. Und ich hab se dann aber ersma gar nich zur Rede gestellt, sondern unter Beobachtung genommen. Und da sind mir andauernd Sachen aufgefallen, wo ich gedacht hab, dat hat die doch früher nich gemacht! Also, zum Beispiel, dat die beim Kochen geflötet hat. Und dann schon gar nich dies Lied, von

James Braun, dies Sex Mäschien! Mein ich jedenfalls, dat et dat gewesen wär. Sie kann ja nich so gut flöten.

Und auffällig war auch, wie se sich neuerdings angezogen hat. Wo ich gedacht hab, hömma, die Klamotten has DU doch nich bezahlt! Wer geht denn da mitte Guste heimlich nach Herti?! Noch dazu jetz, wo et dat gar nich mehr gibt! Oder dann kam da plötzlich son Geruch ausm Bad, wo se ausm Klo kam, wo ich denk, hat die neue Klosteine probiert? Ja, dann hab ich aber bei genauen Nachkucken sonne Pafföng-Flasche im Allibert entdeckt, aber nich Tosca, sondern wat ganz Edles, und zwar von Öves Sanglorang! Ich denk, ja klar, Paris, die Stadt der Liebe! Da passt ja eins zum andern!

Ja, und gestern, ich hab et nich mehr ausgehalten, ich musste einfach wissen, ob ich noch sie ihre Nummer 1 bin oder mittlerweile Ersatzbank. Und da bin ich sie heimlich hinterhergeschlichen. Zuers ging se zum Frisör. Und wat soll ich Sie sagen, die kommt rein bei den, und er küsst se! Voll aufe Backe! Aber der konnte et eigentlich nich gewesen sein mit den Strauß. Der is ja schwul. Der macht dat mit der Backe bei jedem. Sogar bei mir.

Danach ging se nachn Metzger. Und die Art, wie er sie seine Wurst gezeigt hat, ließ mich stutzig werden. Ich denk, der isset! Wenn der die gez noch mit seine Wurstfinger betatscht, dann raste ich aus! Aber nix, Wurst bezahlt und ab nachn Bäcker. Der Bäcker war aber nur ne Frau. Der war also unverdächtig.

Dann war se noch inne Reinigung, Apotheke, kurz aum Markt ... Da hab ich gedacht, kuck an, als Hausfrau kommt man ganz schön rum! Ja, aber nirgendwo hat sich wat verhärtet als Verdacht. Und dann bin ich irgendwann nach Hause. Aber richtig beruhigt war ich trotzdem nich.

Ja, ich denk, ich geh morgen nochma mit. Wieder heimlich. Und wenn dann nix is, dann ... is wahrscheinlich auch nix. Ich mein, ich hab auch kein Lust, mich da völlig bekloppt zu machen, nur wegen son mickrigen Strauß. Vielleicht hat se sich den auch selbs gekauft oder aum Friedhof geklaut, oder die Nachbarn ham den hier zur Pflege abgegeben ... Samma, da fällt mir ein, wollten die nich nach Malle? Dat würd auch erklären, warum die ihrn Hund auf einma bei uns inne Wohnung is. Genau, dat isset!

Doch danach gabs nur noch du

Vielleicht war ich nich ehrlich
Als ich dir noch jüngst erzählt
Dat ich dir immer treu war
Seitdem hat mich wat gequält
Ja, es gab einen Seitensprung
Und hiermit geb ich ihn zu
Doch danach gabs nur noch du

Du, es gab eine andre
Vor nich allzu langer Zeit
Deine drei jüngren Schwestern
Standen gern und oft bereit
Für mich war es rein körperlich
Ich gebs nochma direkt zu
Doch danach gabs nur noch du

Ja, ich traf sie in Brilon
Ne Pangsion nur für uns vier
Alle Mann auf ein Sofa
Weckten sie das Tier in mir
Du, es war wie ein Wunschkonzert
Sex and Drugs and Heiterkeit
Doch am Ende tats mir leid

Ausse heutigen Sicht raus
War dat alles grundverkehrt
Doch ich ließ mich verführen
Ich war jung und brauchte Geld
Und du kenns deine Schwestern, ihr
Seid ja aus dem gleichen Holz
Deshalb Schwamm drüber, wat solls

Guste, komm, verzeih mir, es war nichts dabei
Praktisch gesehen war kaum Leidenschaft dabei

Knebelstarschnitt 5/32

Herbert hilft ... im Haushalt

Wie kann ich verhindern, dat beim Waschen Socken verschwinden?

Liebe Ratsuchende,

bestimmt kennt ihr auch dat Problem, dat nach jedem Buntwäschewaschvorgang (egal, ob 40° oder 60°) auf einma der eine oder andere Socken weg is. Und manchma sogar auch Strümpfe! Und man fragt sich, häh?! Wie konnte der ausse zue Maschine entweichen?! Erklärungsversuche sind an diese Stelle sinnlos. Dat Verschwinden von Flugzeuge und Schiffe im Bermuda-Dreieck samt Passagiere, Besatzung und die ihre Socken is ja auch nie aufgeklärt worden vonne Wissenschaft. Ich will euch gez aber en praktischen Tipp geben, wie et gar nich zu eine Verschwindung kommen muss:

Einfach nich waschen !

Schlafstellungen

Boh glaubse, ich hatte Sie doch vor geräumige Zeit erzählt, dat ich für uns, also für mein Frau und mich, uns ne neue Matratze zugelegt hatte. Ja, und anfangs war ich auch total begeistert, also, ich kam sehr gut auf sie zurecht! Ich hab gelegen und gelegen, manchma tagelang. Ich hab da einfach nur gelegen und dat Gelege genossen, und meine Welt als Schläfer war in Ordnung.

Ja, wat soll ich Sie sagen, vor zwei Wochen fing dat auf einma an, dat ich im Nackenwirbelbereich son Kribbeln verspürte. Ers war dat noch ganz angenehm. Dat war so, als würd ein hinten einer von hinten killern. Ja, wie dat die Guste früher draufhatte, wenn wir im Autokino gegangen sind, kurz bevor der Hauptfilm anfing, und ich von mein Auto die Jalousien runtergelassen hab.

Wie gesacht, anfangs war dat sehr prickelnd, aber irgendwann schlug dat in son Taubheitsgefühl über, ja, dat so der Arm eingeschlafen is oder auch schomma en Bein weggeknackt is, obwohl ich gar kein Einschlafbefehl ausgesendet hatte. Und weil mir dat nich geheuer war, bin ich sicherheitshalber mit die Symptome nachn Ottopäde hin.

Und dann hat der mich da von oben bis unten abgetastet, und ich fühlte mich schon wieder wie im Autokino. Ich wollt grad die Jalousien runterlassen, da sacht der Dr. Heinemann, Herr Knebel, wie schlafen Sie denn? Ich sach, och, an für sich gut und viel. Auf jeden Fall nich zu knapp. Da meinte er, und in wat für ne Stellung schlafen Sie? Ich sach, ja ... klassisch, also sie unten und der Mann oben. Da sacht er, näh, so genau wollt er dat gar nich wissen. Et

ging ihm nich um Beischlaf, sondern um Erholungsschlaf. Und ob ich aufe Seite, aum Rücken oder aum Bauch pennen tät. Ich sach, dat is mir egal, Hauptsache, tief und fest und nich zu knapp, wie ich ja eingangs im Patientengespräch schon erwähnte. Da sachte er, dat müsst er aber wissen, weil, dat wär für ihm seine Diagnose von entscheidende Bedeutung. Ich sollt ma ne Woche drauf achten und dann wiederkommen.

Ja, nächste Nacht hab ich mich hingelegt und drauf gewartet, wat für ne Stellung ich einnehm, wenn ich gez gleich einschlaf. Und da hab ich festgestellt, dat et mich automatisch in die stabile Seitenlage zieht. Und da ich da auf die Beobachtung so konzentriert war, konnt ich nich einschlafen und hab zum ersten Ma mitgekricht, wie mein Frau schläft. Meine Fresse, wat schläft die unruhig! Wie son Hamster im Laufrad! Mal hatt ich den Ellbogen im Nacken, dann die ihr Knie im Gesicht, dann lag se quer, dann mim Kopp am Fußende. Dat war wie ne Kür im Bodenturnen. Auf jeden Fall war mir sofort klar, dat weder die Matratze noch meine Stellung der Grund für meine Malessen war, sondern wie immer mein Frau.

Jetz überleg ich, wat für Schutzmaßnahmen ich ergreifen soll. Ob ich die Matratze durchsägen soll oder Plexiglasscheibe zwischen uns als Schutzwand oder ob ich der abends wat in Likör mischen soll, wat se ruhigstellt. Ich weiß et nich. Ich muss ma mit mein Arzt drüber sprechen, wat für ne Lösung der empfiehlt.

Herberts Lürick-Ecke 1

Gedicht über dein Gesicht

Überm Mund die große Nase
Augen links und rechts davon
Auch zwei Ohren kannse sehen
Und dat isset fast auch schon

Wären da nich noch die Haare
Über deiner hohen Stirn
Und dadrunter, wie gemeißelt
Sitzt wahrscheinlich ein Gehirn

Ich glaub, ich geh kaputt!

Ich kam irgendwann im September zur Welt
Und hab mich drekt total müde gestellt
Der Vadder war stinkig, er wollte ein Tier
Er sah mich kurz an und sachte zu mir:
Ich glaub, ich geh kaputt!

Die ersten paar Jahre hatt ich kaum wat zu tun
Ich hing meiste Zeit nur im Bettchen rum
Dann hieß et auf einma: Die Schule geht los!
Ich war viel zu müde und dachte bloß:
Ich glaub, ich geh kaputt!

Die Schule rauschte im Halbschlaf vorbei
Wat dann kam, war auch nich dat Gelbe vom Ei
Ich sollte geregelte Arbeit nachgehn
Dat hieß jeden Tach immer um sechs aufstehn!

Also, wenn ich hier ma meinen lyrischen Erguss unterbrechen dürfte. Um sechs Uhr aufstehen natürlich außer Sonntag. Dat wär ja en Hammer gewesen, wenn ich da auch hätte mitten inne Nacht aufstehen müssen! Ja, und der Samstach war ja noch Werktach damals. Bis die Gewerkschaft sich dafür eingesetzt hat, dat die Arbeiter da freihaben. Da gab et damals ne riesen Kampagne mit so Kinder, die auf ein Plakat drauf waren, und auf dat Plakat sachten die: Am Wochenende gehört der Papa mir!

Ja, is doch klar, da hab ich schnell ein angesetzt, damit ich auch in den Genuss von ein komplett freies Wochenende komm. Aber der Schuss war der berühmte Schuss in Ofen! Mit so Blagen, da krisse ja gar kein Auge mehr zu! Die stehn um halb drei nachts an deine Pofe und sagen so Sachen wie: aa, teita oder Steh auf, du Penner! Der Schuss, der ging nach hinten los! Oder … wär er ma nach hinten losgegangen! Jedenfalls hab ich da oft gedacht:

Ich glaub, ich geh kaputt!

Mit 30 dacht ich, so kann't nich weitergehn!
Jeden Tach dat scheiß Frühaufstehn!
Et muss doch wat geben, wo man pennen kann
Ich fragte beim Arbeitsamt, und die sachten dann:
Wat sind Sie denn fürn Komiker?!
Ich glaub, ich geh kaputt!

Die Idee von den Arbeitsamtheini war toll
Schon der erste Auftritt war … ganz durchwachsen
Am Morgen danach schlief ich bis inne Puppen
Am Abend spielt' ich dann schon im nächsten Schuppen
Ich glaub, ich geh kaputt!

Anschließend hab ich ne Laufbahn gemacht
Hab et immerhin bis auf so manche Bühne gebracht
Schön, wenn ihr kommen würdet, und schlaft bloß nich ein!
Sons steh ich da oben und denk nur, oh Gott!
Ich glaub, ich geh kapott!

Knebelstarschnitt 6/32

Zwei Jahreszeiten

Boh glaubse, ham Sie inne letzte Zeit ma rausgekuckt? Is Ihnen da auch wat aufgefallen? Ach, da is Ihnen nix aufgefallen? Dat hab ich mir nämlich schon gedacht! Ja, jetz kucken Se nochma raus. Noch immer nix? Dann wird et wohl Zeit, dat ich Sie aufklär. Und zwar is mir aufgefallen, et gibt nur noch trocken oder nass, also im Prinzip nur noch zwei Jahreszeiten: Trockenzeit und Regenzeit. Die klassischen Jahreszeiten, wie zum Beispiel Frühling, Sommer, Herbst oder Winter, die kannse dir vonne Backe putzen. Dat is Vergangenheit, dat is history. Von wegen «Im Märzen der Bauer»! Dat heißt gez nur noch «Im Feuchten der Bauer» oder «Im Trockenen der Bauer».

Ja, da is gez Umdenken angesagt, aber in alle Bereiche. Zum Beispiel, da kann sich der Anton Vierwaldi aber nomma dransetzen an seine «Vier Jahreszeiten», weil, die alten Noten, die kann er doch inne Tonne kloppen. Schade, da war nämlich viel Schönes dran. Wie er so dat Herbstlaub aufe Geige nachgemacht hat oder durch en Bläser den Frühling vorgemacht hat, dat war schon allererste Sahne oder «latte», wie er als Italiener sagen tät.

Oder auch die Pizza «Quadro Stazioni», ja hömma, da kannse auch die Hälfte vom Belag wegpacken. Ich würd die Attischocken rauslassen.

Jedenfalls, dat is alles Schnee von gestern. Ich sach Sie, dat wird bei uns immer mehr wie … woanders. Ja, wo die auch so Regenzeiten haben oder Trockenzeiten. So wie in Afrika. Meine Fresse, wat kann et da trocken sein! Staubtrocken oder sogar furztro-

cken! Wie inne Wüste. Und wo die Wüste hinkommt, da wächst ja bekanntlich kein Gras mehr. Und wenn et dann da ma anfängt zu regnen, dann pisst dat nich nur son bissken, sondern dat schüttet drekt wie aus Badewannen raus, sodat den Kamelen der ganze Sand wegschwimmt.

Ich sach Sie, dat dauert nich mehr lange, dann sieht dat hier auch so aus wie in Afrika. Bin ma gespannt, wann die ersten Tiere zu uns kommen, weil die meinen, hier wär auch ihr schwatter Kontinent. Die kleinen sind ja schon aum Vormarsch. Zehzeh-Fliege zum Beispiel. Fragen Se ma im Osten, da gibt et die schon, da in Brandenburg und Umgebung.

Und son Zehzeh, dat is ja nur die Vorhut, en Späher. Und wenn dat für den hier gebongt is, dann holt der alle seine großen Kumpels nach: Nashörner, Elefanten, Krokodile ... die ganze Bagage! Bin ma gespannt, wann mir am Baldeneysee der erste Elefant mit sein Rüssel dat Bütterken aus der Tasche mopst oder sich die ersten Krokodile anne Emscher niederlassen. Die werden sich au noch umkucken!

Ich sach et Sie, man muss sich schon langsam drauf einstellen. Achten Se ma drauf, wenn Se rauskucken. Ich mein, im Moment wär trocken. Wat is dat denn da fürn Tier?! Ach nee, dat is nur der Ottmar Otterbein ausm Süttereng!

Herberts Lürick-Ecke 2

(Aus aktuellen Anlass schon wieder ne Lürick-Ecke, inschpiriert durch mich selbs von dem Text aufe vorige Seite.)

Klimawandel

Der Januar, der Januar
Is auch nich mehr, wat er ma war

Den Februar kanns vergessen
Besonders hier in Essen

Dat Wetter im März?
En ganz schlechter Scherz!

Der April, der April
Der macht schon lang nich mehr, wat er will

Mit high im Mai
Is auch vorbei!

Juni, Juli, August
Wetterfrust!

Im September is dat Wetter
Auch nich netter

Im Oktober is dat Klima
Auch nich prima

November war immer schon scheiße
Daran hat sich auch nix geändert

Dezember is ganz daneben
Klimawandel eben!

Paketsendung

Boh glaubse, die Tage klingelt et bei mir anne Tür, da stand da son Paketbringer von die Firma Ups. Mit nem riesen Oschi von Paket! Ich sach drekt zu den, hömma, Sportsfreund, du has dich bestimmt verklingelt, hier hat keiner ne Schrankwand bestellt. Da sachte er, dat is aber die Adresse. Ich sach, ja nu, dat hat ja ersma gar nix zu sagen, Adressen gibt et wie Sand am Meer. Da sachte er, sind Sie Knebel? Ich sach, ja, mit Herz und Seele und tiefste Überzeugung! Da sacht er, dann is dat auch Ihre Adresse. Oder wolln Sie die Annahme verweigern? Ich sach, ja, Moment, ich weiß ja gar nich, wat drin is in den Karton. Am Ende hab, ich irgendwat bestellt, woran ich mich gar nich erinnern kann, und dann fällt mir auf einma wieder ein, dat ich wat bestellt hab, und ärger mich kaputt, dat et nich kommt. Dat kennen Se doch bestimmt von andere Kunden auch. Da sacht er, ja, dat mit den Alzheimer, dat würd um sich greifen. Ich sach, ich geb dich gleich Alzheimer! Dat is ganz natürliche Verkalkung! Dat kannse an jeden Wasserhahn beobachten.

Ja, und dann hab ich en aufgeschlitzt, also, nich den von Ups, sondern den Karton. Wat soll ich Sie sagen: Fummel! Kleider, Miederwaren, Strümpfe, Unterwäsche … Alles für Frauen. Und ich seh schon, wie der Ups-Mann so am Grinsen is. Ich sach, nee, nee, dat is gez nich dat, wat du denks. Da meinte er, is klar, jeder Jeck is anders. Und ich sollte mir keine Sorgen machen, sie wären en sehr diskretes Unternehmen.

In dem Moment kam Gott sei Dank mein Frau wieder, von ein

ihrer Beutezüge ausn Supermarkt, beladen wie son Maultier von ein Inka, und sacht, ach, da sind ja endlich die Sachen von den Otto sein Versand! Ich sach, Guste, wat wills du mit die ganzen Plörren?! Deine Kleiderschränke platzen doch jetz schon aus alle Nähte! Dat sind doch bestimmt Klamotten für 400, 500 Euro! Da sacht sie, 600. Und ich sollt mich nich so aufregen, sie würd bestimmt für 530 wieder zurückgehen lassen. Ich sach, warum bestellse denn nich drekt für 70? Der arme Ups-Mann hier, der schleppt sich doch ne Lähmung!

Da sachte der Ups aber, nee, nee, dat wär schon in Ordnung, weil, dat würd ja langfristig sein Arbeitsplatz sichern. Ich sach, aber andere müssen et ausbaden. Zum Beispiel der Otto mit sein Versand, der wird doch bekloppt bei die ganze Ein- und Auspackerei! Da sachte der Ups, dat würd der Otto aber nich alles selber machen, der hätte schon Knechte, die die Sortierung vor Ort für ihm erledigen. Und da würden dann ja auch wieder Arbeitsplätze geschaffen. Ich sach, ups!, da hab ich ja noch gar nich drüber nachgedacht. Und dann sachte er, Sie können stolz sein auf Ihre Frau! Frauen wie Sie Ihre tragen mit ihre sinnlose Bestellerei zum Aufschwung bei!

Ich sach zu mein Frau, Guste, ich bekenne hier vor Ort, vor den Ups-Mann, ich hab dir unrecht getan! Und zur Belohnung gehen wir gez ersma deine Wäsche anprobieren!

Bestattungen

Boh glaubse, wissen Se, wat inne Zukunft immer mehr zunehmen wird, und zwar drastisch? Dat sind Tote! Ja nu, et gibt auch Themen, die man sich nähern muss, obwohl man sie lieber ausn Weg gehen würde, aber man kommt nich dran vorbei an ihnen. Aber ich werd dat hier ganz pietätsvoll behandeln, wie dat so meine Art is. Ich mein, et is ja seit viele Jahre schon Dauerthema: Vergreisung von unsre Gesellschaft, also, dat immer mehr Leute steinalt werden. Aber is ja klar, irgendwann is vorbei, selbs bei steinalt. Ewig kann man et nich rauszögern, selbs mit Tabletten und Maschinen nich. Ich mein, wir sind nur Gast auf Erden.

Ja, und mittlerweile hat sich über die Jahre en regelrechtes Heer von Steinalte angesammelt, wat gez kurz davor is – und da muss man kein Prophet für sein –, schlagartig ins Gras zu beißen. Und da stellt sich die Frage, is überhaupt genug Gras da, wo die reinbeißen können, oder anders gesacht, is da genug Platz auf unsre Friedhöfe für die herkömmliche Bestattungsform, also mit Ausschachtung von dat Grab und Sarg und Gesteck und Grabstein? Dat will ja alles untergebracht sein.

Ja, und deswegen sind windige Geschäftsleute hingegangen und ham en ganz neuen Markt entdeckt. Et gibt nämlich mittlerweile die dollsten Angebote, son normales Grab zu umgehen. Ich musste mich die Tage damit ausenandersetzen, weil der Willi Lanfermann, von dem der Vatter, gestorben war. Ja, und der Willi is mit alles immer überfordert und hatte mich gebeten, mich um die Leiche zu kümmern, also … die Bestattung von sie.

Und da hab ich mich bei son Totengräberinstitut schlaugemacht. Und der Totengräber sachte dann, dat et heutzutage die mannigfaltigsten Varianten gäb, so Tote unterzubringen. Wer zum Beispiel wegwill vonne unterirdische Variante, der könnte zu ner Seebestattung greifen. Ich sach, wie, is dat so, wie man dat vonne Piraten kennt, wo man als Päckchen verschnürt über die Rutsche von Bord geht? Da meinte er aber, nee, der Tote würd vorher verbrannt und dann als Urne versenkt.

Ich sach, in welchen See findet denn die Seebestattung statt? Biggesee? Weil, der Vatter von den Willi war da oft zum Camping. Da sachte er, nee, dat wär weniger See und mehr Meer. Aber wenn ich dat nich wollte, man könnte die Asche von den Vatter auch aum Feld verstreuen. Ich sach, näh, dat is mir zu risikoreich! Kucken Se ma, wenn an den Tach von die Verstreuung ma wieder der Sturm Kyrill da is und wir den, sagen wir ma, in Steele-Horst – wat im Osten von Essen liegt – verstreuen, dann landet der doch ne ganze Ecke weiter in Wattenscheid! Ich sach, ich bitt Sie, wollten Sie so enden?!

Da sachte er, ja, dat Gegenteil vonne Verstreuung wär praktisch, wenn man die Asche pressen lassen tät zu ein Diamanten. Dat wär aber nur im Ausland möglich. Ich sach, schade, dat wär für den schrappigen Willi die Variante gewesen. Da hätt er mitte Grabpflege nix am Hals gehabt und hätt den toten Vatter anschließend noch als Edelstein verkloppen können.

Letzten Endes ham wir uns dann für ne anonyme Variante entschieden. Ja, jetz liegt der Vatter vom Willi irgendwo auf sonne große Wiese untendrunter. Aber immerhin in Steele-Horst!

Meinetwegen

Mein Freund, einma, da fällt
Dann auch für dich der letzte Vorhang
Du nippels ab und liechs im Grab
Bevor de auch nur weiß wat los is
Ja, Mensch, die Zeit, die is wohl reif
Für einen gez, für andre später
Und ich, ich sach zu mir
Meiheinetwegen

Ja, die Existenz is schon ein Rätsel
Wo komm ich her, und wo geh ich gez hin?
Wo is der Schöpfer, wann kommt der Bus?
Wo is der Sinn, is alles Quatsch?
Wie dem auch sei, et kommt, wie et muss
Meiheinetwegen

Und gez is auch für mich
Dat Ende da von diesen Buch hier
Wir haben viel gelacht
Besonders ihr, noch mehr als ich hier
Mir fällt auch nix, gar nix mehr ein
Äh, äh ...
Und ich, ich sach zu mir
Meiheinetwegen

Knebelstarschnitt 7/32

Ehekrach

Boh glaubse, bei mein Frau und mir is im Moment Funkstille! Wir verkehren nich mehr miteinander. Aber … auf verbale Art. Ich sach Sie, da is richtig Knies inne Hütte! Ich hab heut Nacht auch woanders geschlafen. Bei uns im Badezimmer inne Wanne. Ma gut, dat wir nich nur ne Dusche haben. Da hätt ich kein Auge zugetan, weil, mit aufrecht schlafen hab ich et nich so. Ich bin doch kein Flamingo!

Inne Wanne, dat war ganz kuschelig. Immer wenn mir inne Nacht kalt wurde, hab ich heißes Wasser nachlaufen lassen. Hoffentlich krich ich mein Schlaffanzug bis heut Abend wieder trocken! Na ja, vielleicht vertragen wir uns ja auch wieder. Dann bräucht ich den Schlaffanzug ja nich. Obwohl, die Zeichen stehen nich gut für auf Versöhnung. Bei den Theater, wat wir gestern Abend hatten …!

Dat fing ganz harmlos an. Ich saß vorm Fernseher und kuckte, wie immer eigentlich, Fußball. Zum Glück kommt ja immer Fußball. Ja, Pokalspiel war. Jetz liefen die beiden Kontrahenten im Stadion ein, und mein Frau lief im Wohnzimmer ein und setzt sich zu mich. Ich war vielleicht vonne Socken! Weil, normalerweise kannse die mit Fußball jagen. Ich denk, oh, welch wunderbare Wandlung bei sie im Gehirn. Aber Arschlecken! Da schnappt die sich die Fernbedienung und drückt auf Jauch. «Wer wird Milljenär?» Ich denk, die hat sich bestimmt verdrückt. Die wollte wahrscheinlich nur lauter machen. Ich mein, ich bitt Sie, wer kuckt denn freiwillig andre beim Reichwerden zu?!

Ich schnapp mir die Fernbedienung, drück zurück auf Pokal und erklär ihr noch, Guste, hier is «laut», wo Volume steht. Und mach drekt en ganzen Tacken lauter. Ich weiß, sacht sie da, schon mit son schnippischen Unterton, reißt mir die Fernbedienung ause Hand, drückt wieder den Jauch und macht noch lauter. Ich denk, samma, will die mich povoziern?! Ich frag se aber sicherheitshalber nochma, hömma, Guste, wills du mich povoziern?

Da sachte sie, sie hätt heut einfach keine Lust, Fußball zu kucken! Ständig würd hier nur Fußball laufen! Freitag, Samstag, Sonntag: Bundesliga, Montag: Spitzenspiel 2. Liga, Dienstag, Mittwoch: Champions League, Donnerstag: UEFA-Cup, zwischendurch noch WM-Qualifikationsspiele, Freundschaftsspiele, Testspiele, jetz stünden demnächs auch noch die Relegationsspiele an und nachts noch WM-Klassiker: Deutschland – Italien, 1970 im Atzetheken-Stadion, 4 :3 für Italien inne Verlängerung. Sie könnt et nich mehr hören und nich mehr sehen!

Ja, da war ich baff, dat sie sich so gut auskannte in meine Welt. Da sachte sie, jetz wär ma Schluss, sie wollt ma wissen, wer Milljenär wird! Ich sach, mein Gott, Guste, bei die Sendung wird doch schon lange keiner mehr Milljenär. Der Einzige, der da richtig reich wird, is der Jauch. Da meinte sie, sie wollt aber ma wat Intressantes kucken, wo et um Wissen geht. Ich sach, Guste, wenne wat wissen wills, frag mich! Und greif so nache Fernbedienung, um nachn Pokal zurückzukehren. Die Jungs warten ja nich ewig mim Toreschießen. Ja, da hielt sie die mit beide Hände fest. Da gab et en richtiges Gerangel um dat Gerät, wo im Verlaufe vonne Rangelei die Bedienung hinfiel und kaputt war.

Tja, da wir beide nich wussten, wie man den Fernseher manneell bedient, saßen wir auf RTL fest, bei eine mörder Lautstärke, so dat man dat eigentlich gar nich kucken konnte. Da war die so beleidigt, dat se nachn Bett abgedackelt is. Ja, da musst ich wohl oder übel den Milljenär allein zu Ende kucken. Mit Kopfhörer auf war dat aushaltbar. Und der Hammer war: Ich hab alle Fragen gewusst!

Auf jeden Fall, dann wollt ich auch irgendwann im Bett, da lag mein Schlaffanzug vor de Tür, und die Tür war verrammelt. Und da hab ich mich aus Rache extra inne Wanne gelegt! Ja, ich bin ma gespannt, wie der Abend sich heute entwickelt. Da is ja DFB-Pokal, 2. Teil.

Ach du Scheiße! Die Fernbedienung muss ich ja noch reparieren lassen! Vielleicht bring ich ihr bei der Gelegenheit en paar Blümchen mit und Pralinen, wo draufsteht «Verzeih mir!».

Ja, mit son Scheiß kannse die Weiber ja immer für paar Tage ruhigstellen.

Rentner-Love

Ja, ich fahr durch die Nacht, hab die Flossen schweiß-
nass
Und ne Stimme im Kopp, die ruft, Herbert, gib Gas!
Ja, mein Baby ruft mich, du, ich brauch dich dringend!
Und wie sie et formeliert, klingt et wirklich zwingend

Ja, sie war einsam und zu lange schon allein
Drum muss gez ich sie aus die Einsamkeit befrein
Ich bin schon rattendoll!

Auf WDR 4 läuft irgend son Lied da
Von Udo Jürgens «Mach dich nackt, Seniorita!»
Ich bin wie am Lenkrad angeschweißt
Und denk drüber nach, wie mein Baby heißt

Sie is noch einsam und auch immer noch allein
Und et wär peinlich, fiel ihr Name mir nich ein
Ich bin schon rattendoll!

Ja, ich bin gez da, und mein Tank is leer
Also, ich mein gez, da vom Auto der
Gez fällt mir auch ihr Name ein
Guste Knebel, ich bin daheim!
Ja, im Radio, da läuft schon wieta
Von Udo Jürgens «Mach dich nackt, Seniorita!»
Ich klingel und sach, mach ma zackig!
Und sie macht auf und is schon nackig

Jetz is mein Baby weder einsam noch allein
Mit unsre Liebe sind wir beide gez zu zwein
Ja, wir sind rattendoll!

Ja, unser Ding nennt sich Rentner-Love
Wir wolln von es immer mehr
Vonne Rentner-Love

Knebelstarschnitt 8/32

Piraten

Boh glaubse, wissen Se, woran ich als Kind immer en mörder Spaß gehabt hab? Dat war anne Piraten! Also, die Filme, die die gemacht haben. Ja, dat war für mich immer ne Traumvorstellung von eine berufliche Perspektive gewesen. Die andern Kinder bei uns inne Siedlung wollten alle Polizei, Feuerwehr oder Lockemotivführer werden. Und ich eben Pirat. Da ham wir uns immer drüber gestritten. Die andern Blagen meinten immer, Mensch, Herbert, überleg doch ma, als Pirat hasse doch überhaupt keine soziale Absicherung! Dagegen bei die von uns perforierten Berufsgruppen, da hasse Aufstiegschangsen. Da kannse inne Beamtenlaufbahn einschlagen. Als Polizei, da kannse dich bis nachn Kommissar hochschnüffeln. Oder als Feuerwehr, wenne da en Ass am Schlauch bis, da kannse dich hochspritzen bis zum Brandmeister. Und als Lokführer, wenne da en guten Führer wars, dann kannse nachher selber ein fahren lassen. Und überleg ma, Herbert, wat is, wenne ma berufsunfähig wirs?

Ich sach, Kinders, ihr mit euern bürgerlichen Sicherheitsdenken. Ich sach, Berufsunfähigkeit, dat is doch praktisch die Voraussetzung für die Piraterei! En appes Bein oder Arm oder en auses Auge, dat is doch die Grundausstattung von son waschechten Pirat! Holzbein, Entenhaken und Augenklappe, damit kommen die doch schon aufe Welt! Und dann ham die aber trotz die ihre Behinderung en astreines Leben: Immer aufe sieben Meere unterwegs, fremde Länder bereisen, immer Dukaten inne Tasche, schöne Frauen entführen, alles entern, wat ein vorn Haken

kommt, Schätze verstecken und mitte Tierwelt auf Du und Du: Ratten an Bord, Äffken inne Kombüse, Papagei aufe Schulter und Flöhe am Sack.

Ja, da kamen die andern Kinder natürlich auch Zweifel über ihre Berufswahl. Dat wollten die natürlich alle auch haben. Und ne Zeitlang waren wir dann auch aum besten Weg, als Piratenbande von uns reden zu machen. Gehen Se ma heute noch nach Duisburg-Neumühl, wo ich meine Kindheit verbracht hab. Da reden die immer noch voller Ehrfurcht von Sir Francis Knebel.

Na ja, aber die andern sind dann doch alle wat Solides geworden. Irgendwie konnten die die Verlockung vonne soziale Absicherung nich widerstehen. Und ich hab dann auch irgendwann den Traum aufgeben müssen, von Pirat leben zu können. Spätestens als die Kinder kamen. Da hab ich zu meine Seeräuber-Jenny gesacht, Guste, ich geh gez aum Pütt und kuck ma da nach Bodenschätze! Am Anfang hab ich die Kohle immer noch versteckt. Ich brauchte einfach ne Zeit, bis ich mich umgestellt hatte.

Aber die Filme kuck ich immer noch gerne: Schatzinsel, Meuterei aum Bounty oder, aktuell, Flucht vonne Karibik. Da steht mir jedes Ma mein Pipi inne Augen. Zumindest in dat eine, weil, Piratenfilme kuck ich immer mit Augenklappe, wie sich dat gehört!

Herbert hilft ...

im Bett (für ihm)

Wie kann ich verhindern, dat ich schon fertig bin, bevor mein Frau richtig angefangen hat?

Liebe ratsuchende Männer,

bestimmt kennt ihr dat Problem, dat ihr im Bett schon fertig seid, bevor euer Frau richtig angefangen hat.

Hier mein Tipp:

Lasst die Partnerin schomma ne Zeitlang ordentlich vorglühen und stößt erst später dazu, um im entscheidenden Moment dabei zu sein.

Mundgeruch

Boh glaubse, die Tage bin ich in eine sehr unangenehme Situation geraten. Oder sagen wir ma so, mein Feingefühl war maxemal rausgefordert. Und Sie wissen ja, wenn einer Feingefühl hat, also quasi schon in seine Muttermilch, dann is dat ja wohl ich!

Na ja, ich sach et gez ma ganz unverblümt, der Kurt Harras, der hat en unheimlichen Mundgeruch! Wo der hinatmet, da wächst kein Gras mehr. Damit kann der Tote aufwecken. Dat Problem war gez nur, dat sich kein Mensch getraut hat, ihn auf seine «Begabung» – sach ich ma – aufmerksam zu machen. Ich mein, dat is ja schon en Schlag ins Kontor, wenne ein sachs, dat er ausm Mund riecht wie en Laternenpfahl ganz unten. Da können schon Freundschaften dran zerbrechen.

Ja, aber so ging dat nich mehr weiter, weil, der Kurt krichte zunehmend in alle Bereiche Probleme. Auch beruflich. Er is ja Bulle, also … Polizei. Und er hatte sich ja über all die Jahre hochgearbeitet von Streifenwagen im Büro. Ers war er auch noch mit drei, vier Kollegen im Büro, dann war er zu zweit, und schließlich saß er ganz allein aufe Schreibstube, weil die andern sich ham versetzen lassen oder ständig Krankenschein wegen chronische Kopfschmerzen und Sehstörungen.

Die Wache war irgendwann berüchtigt! Viele Verbrecher ham schon am Tatort gesungen, wenn se hörten, dat se aufe Wache vom Kurt verhört werden sollten.

Ja, dann hamsen wieder auf Streifenwagen zurückversetzt, zu sonne nette junge Kollegin. Jetz krichte die aber chronische

Bindehautentzündung, weil die immer mim Kopp ausm Fenster gefahren is. Ja, so schlimm war dat, dat die lieber die Abgase von die LKWs eingeatmet hat als den Kurt. Dat Ende vom Lied war, dat sen als Einzelbulle auf Fußstreife geschickt ham.

Ers hatte dat en sehr positiven Effekt. Die Kriminalitätsrate is drastisch zurückgegangen. Ja, die Verbrecher ham alle en großen Bogen um ihm sein Einsatzbezirk gemacht. Andere aber auch! Irgendwann mussten die ersten Geschäfte schließen, Restorangs, Wohnungsleerstand ... Dat wurd en richtiges Problemviertel! Praktisch Geisterstadt. Wobei, ich glaub, sogar die Geister sind da abgehaun.

Ich vermute jedenfalls, dat diese Veränderung durch den Kurt ausgegangen is. Wobei die Herren Politiker andere Erklärungsmuster für den Niedergang von den Stadtteil puppelleziert haben. Die ham sich au nich getraut, den Kurt dat zu sagen.

Ja, jetz hatte er neulich groß eingeladen zu sich nach Hause zu sein runden Geburtstag. Wat soll ich Sie sagen, ich war der Einzigste, der seine Einladung gefolgt war! Und wie ich ihm den Blumenstrauß überreich zu seine Gratulation und er gerührt «Danke, Herbert!» haucht, konnse zukucken, wie der Strauß in seine Hände den Löffel abgab.

Und dat war für mich dat Zeichen zu handeln! Ich sach, Kurt, hast du grad dat mit den Strauß mitgekricht, wie der eingeknickt is? Ich sach, Kurt, sach gez bitte nix! Halt einfach die Luft an fürn Moment! Ich sach, dat kann gez ganz bitter werden für dich. Wat ich dir sagen muss, kann unsre Freundschaft in ihre Grundfesten erschüttern! Ich sach nur ein Wort: Mundgeruch!

Wissen Se, wat der da sacht?! Ja, Herbert, dat is mir auch schon aufgefallen. Da musse ma wat gegen unternehmen. Musse ma zum Zahnarzt gehen. Dat kommt oft vonne Paradontose. Aber ich find dat gut, dat du dat selber ansprichs! Dat zeichnet ne Freundschaft aus, dat man sich alles im Gesicht sagen kann!

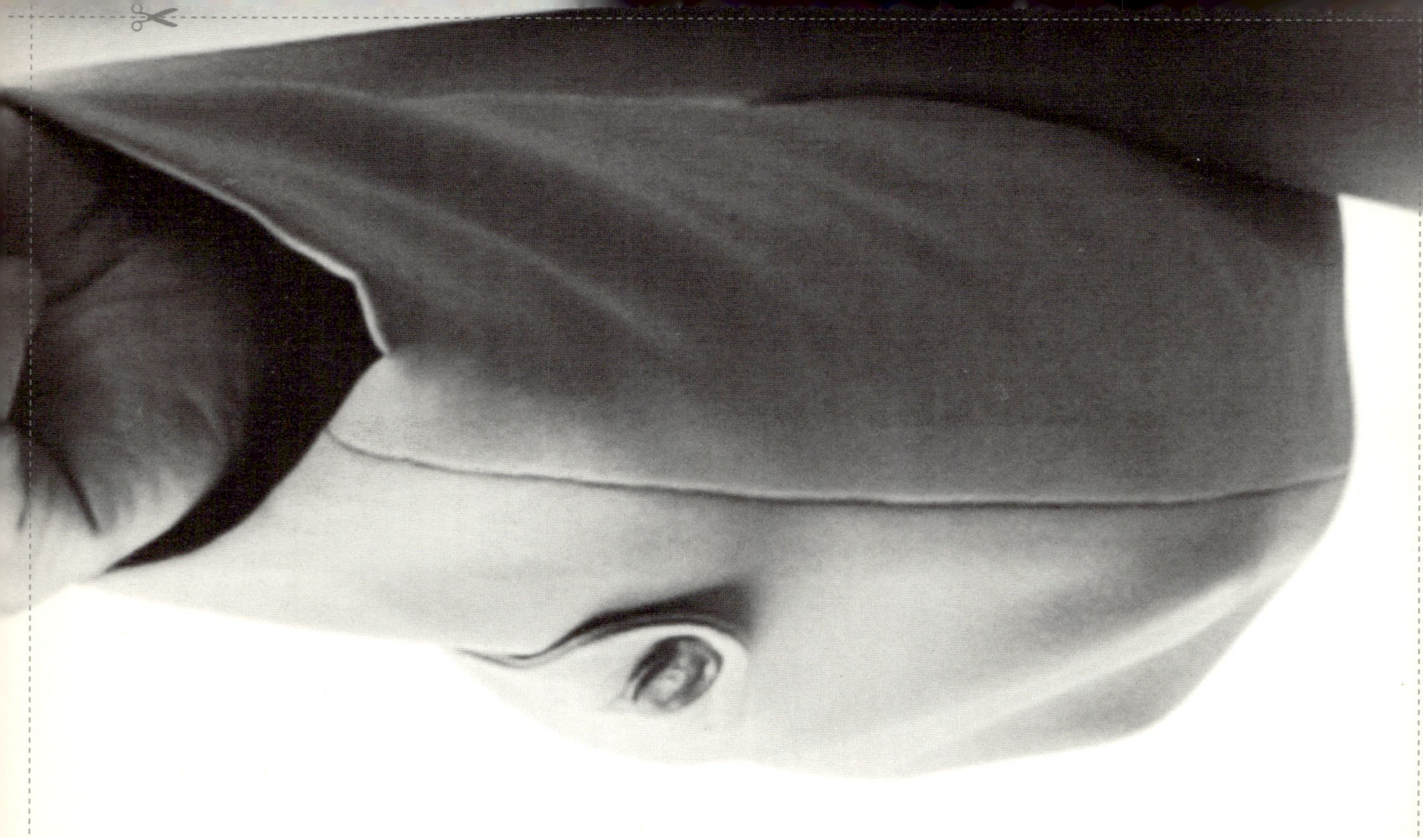

Knebelstarschnitt 9/32

Auswanderer

Boh glaubse, heut Morgen hab ich ne Ansichtskarte gekricht von Kanada! Hömma, mit ner Wurst vorne drauf! Und hintendrauf stand geschrieben: «Eine Wurst setzt sich durch!»

Ich denk, wat für ne Wurst schreibt dir denn sonne Karte?! Aber dann fiel et mir wie Schuppen ause Augen, von wem die Karte war: vonne Knuffmanns von gegenüber, die ausgewandert sind!

Und zwar komm ich vor paar Monate bei uns ausn Haus raus, und da steht da aufe andere Straßenseite en riesen Möbelwagen. Ja, da war direkt meine Neugier geweckt. Ich hatte an für sich mein Frau versprochen, en paar Besorgungen zu machen, aber jetz hatten sich die Pioritäten schlagartig verschoben. Ich musste ersma wissen, zu wen der Möbelwagen gehörte. Und da seh ich auch schon, wie ausn Hausflur gegenüber der Eugen Knuffmann rauskommt, mit ner Standuhr im Arm, aber mit nem unheimlichen Kawenzmann von Standuhr!

Ich sach, Eugen, wat is los? Wat macht ihr mit die Sachen hier? Da sacht er, dat kommt alles in Container. Ich sach, dat wird aber auch Zeit, dat ihr euch ma von euern ganzen Gelumpe trennt! Hoffentlich werdet ihr dat überhaupt los aum Recyclinghof! Die nehmen da mittlerweile auch nich mehr jeden Scheiß.

Auf einma stellt er die Uhr in den Möbelwagen. Ich sach, Eugen, ich dachte, dat wär für den Container. Da sacht er, ja, Überseecontainer. Da würd er dat jetz hinbringen. Ich sach, Eugen, die Uhr kannse doch auch hier entsorgen. Da musse doch kein Müll-

tourismus veranstalten. Oder is dat eine von diese kontaminierte Atomuhren? Dann aber nix wie weg damit! Egal, wie genau die geht!

In dem Moment kommt seine Frau, die Karla Knuffmann, mit sonne 5-Mann-Couch raus und sacht, jetz geht et los! Ich sach, jetz geht et aber wirklich los! Is die Couch auch verstrahlt?! Wahrscheinlich hat die neben der Atomuhr gestanden!

Ja, da klärten die mich auf, dat et sich nich um ne Entsorgung, sondern um ne Auswanderung handeln würde. Ich sach, Auswanderung?! Jetz sach bloß, ihr Ratten verlasst dat sinkende Schiff?!

Ja, und dann erzählten die, dat se alles verkauft hätten, bis auf die Standuhr und dat Sofa, weil die Sachen noch nich abbezahlt wären, und dat se gez in Kanada ihre Zelte aufschlagen würden. Ich denk so, oh, Kanada? Wat kannerda, wat er hier nich kann, außer sich im Zelt den Arsch abfrieren? Und da muss der Eugen wohl mein Gedanke gelesen haben und sachte, sie hätten ne bomben Geschäftsidee! Und zwar hätten sie rausgekricht, dat et in Kanada keine Currywurst gäb. Und die wollten se gez da hinbringen.

Ich sach, seid ihr doof?! Bis ihr da seid, is die doch schon dreima kalt geworden! Da meinten sie, et ging ersma mehr um die Wurst generell als Idee. Und sie würden die dann selber vor Ort herstellen und verticken, und die Wurst würd bei de Kanadier höchstwahrscheinlich einschlagen wie ne Bombe!

Ich sach, ja, wie ne Kallerienbombe! Habt ihr dat denn schomma zumindest an ein Kanadier ausprobiert, also, ob der die Wurst auch haben will? Ich mein, der Papst brauch auch kein Doppelbett! Wenn ihr da ma nich Eulen nach Toronto tragt!

Ja, aber jetz scheint dat tatsächlich geklappt zu haben. Na ja, jetz kann man da auch ma hinfahren, jetz, wo die wat Anständiges zu fressen ham und nich nur dies Fastfood!

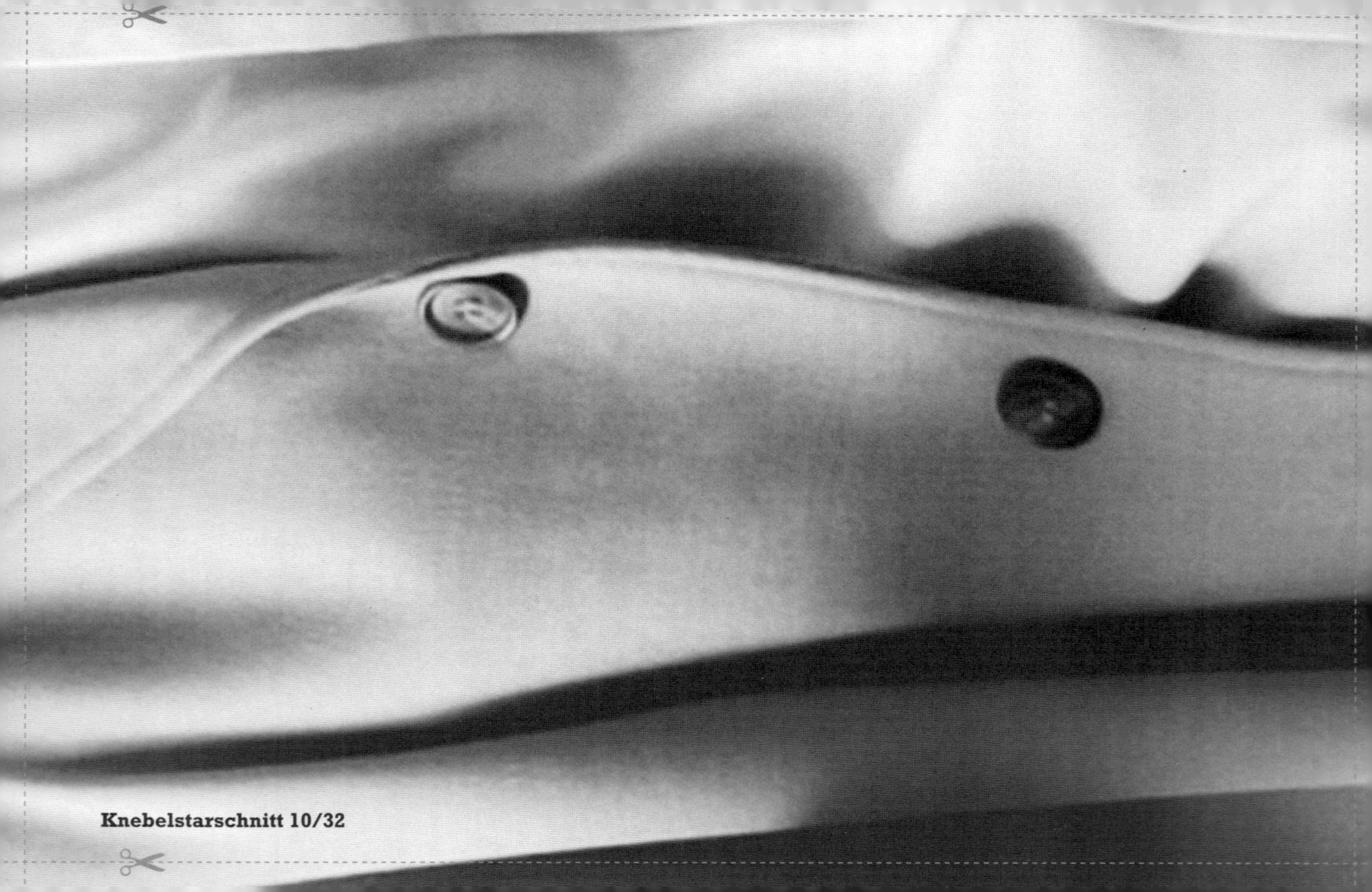

Knebelstarschnitt 10/32

Herbert hilft …

im Bett (für sie)

Wie kann ich verhindern, dat er schon fertig is, bevor ich überhaupt richtig angefangen hab?

Liebe ratsuchende Frauen,

bestimmt kennt ihr dat Problem, dat er im Bett schon fertig is, bevor ihr überhaupt richtig angefangen habt. Mir is dieses Problem sehr wohl bekannt, also … aus Erzählungen von betroffene Frauen.

Hier mein Tipp:

Schafft euch ne schöne Atmosphäre! Heizdecke, Kerzen (aber nur zur Beleuchtung!), Liebesroman, und fangt dann schomma an! Er kann ja dann später dazustoßen. Wenn et denn überhaupt noch nötig is.

Herbert Knebel in

Scherscheh Lafamm
oder
Wo is mein Frau?
oder
Der vergessene Muttertach

Jetz ersma
frühstücken!
Muttertach

Kein Kaffee?!

Kein Salz
fürm Ei?!

Noch nichma en Ei!!
Guste!
Nix!
Wo steckt die denn?
Ma kucken, ob die im Klo is!
00

Näh!
Vielleicht inne Waschküche?
Wat is denn hier los?!
Sind denen die Weiber abgehaun?
Guste!
Nich dat die unterm Auto gekommen is …
… als ich gestern inne Garage gefahren bin!

Hallo, Klaus!
Nich dat du mir Benzin klaus!
Wat machs du denn

Oder is die mit Putzen dran?

???

Oder is die bei die Spermanns sabbeln?
Fam. Speermann

Die ham doch alle ein am Appel!
Verkehrte Welt!

Jetz bin ich von die Suche-rei ganz schön groggy!

Dat gibbet doch nich!
Da isse ja!
Voll ver-pennt!

Oder is die am Ende tot?!

An dem Ende schomma nich!

Guste, auf-stehen!
Frühstück is noch nich fettich!

Och, Herbert, is doch Muttertach!
Ach du Scheiße!
Ich muss umdenken!
Muttertach
Er is ja manchma doch en Schatz!

1 2 3 4 5 6 7 8 9 10 11
12 13 14 15 16 17 18 19
20 21 22 23 24 25 26 27
28 29 30
Muttertach
Wer hat sich die Scheiße eigentlich ausgedacht?!

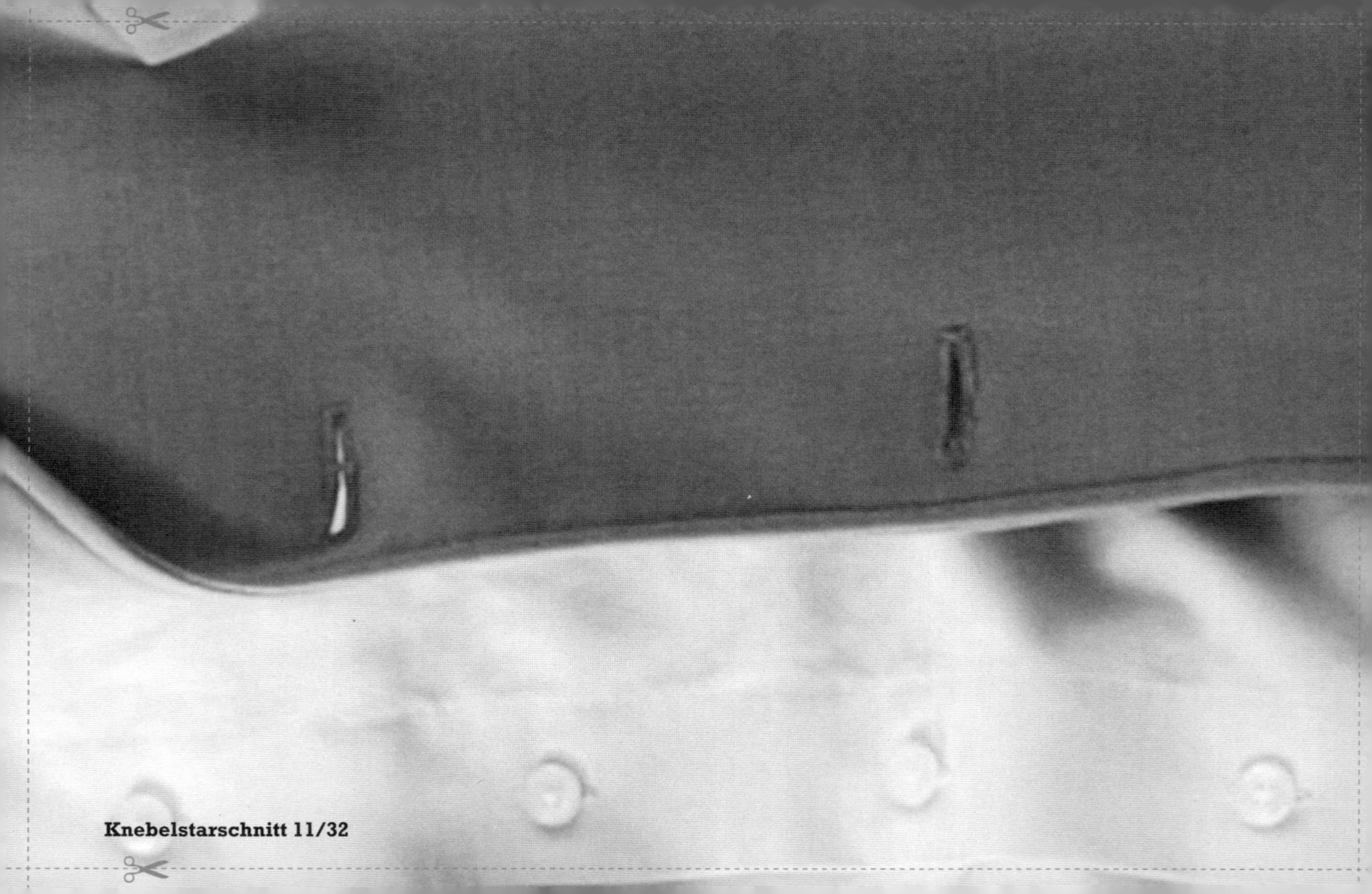
Knebelstarschnitt 11/32

Falscher Fuß

Boh glaubse, die Tage bin ich morgens wach geworden …

Ich mein, ich werd ja mehrmals wach am Tach, weil ich mich ja auch mehrmals hinleg. Ja, irgendwie muss man den Tach ja kaputt kriegen. Aber dat war dat Morgens-wach-Werden durch mein Wecker. Eigentlich bräuchte ich mir den gar nich stellen, weil ich ja konkret keine Verpflichtungen nachgehen muss, aber ich dreh mich nachm Klingeln so gern noch ma um. Herrlich is dat! Dafür lohnt et sich wirklich, den Wecker zu stellen.

Auf jeden Fall, an dem Morgen, da hatt ich gar keine Lust mehr, mich umzudrehen, weil, ich hatte direkt schlechte Laune. Dat kenn ich an für sich gar nich von mir. Normalerweise krich ich ers im Laufe des Tages schlechte Laune.

Ich vermute ma, dat ich wahrscheinlich en schönen Traum gehabt hatte und von den Wecker da rausgerissen wurde. Wat weiß ich, wahrscheinlich war ich im Traum ma wieder in ne gesellige Runde mit andre Gesellen, und wir ham uns grad so zugeprostet mit son 1 a lecker frisch gezapftes Pils, und ich will grad die Vase anne Lippen führen, da weckt er mich, der Wecker.

Ja, so Pilsträume hab ich an für sich öfter. Andre Männer träumen ja eher von andre unerfüllte Phantasien, zum Beispiel Sex mit so Topsmodells, nackend in Geld baden oder im Schlaraffenland so viel fressen, bis man platzt. Aber bei mir dreht sich dat immer nur um Pils. Obwohl, früher als Kind war dat Kuchen. Aber auch schon Hefeteilchen. Dat war im Prinzip derselbe Traum. Da saßen wir mit andre Blagen in geselliger Runde und waren grad dabei,

uns unsre Hefeteilchen reinzuschieben, da rief dann immer meine Mutter, Herbert, aufstehen! Volksschule! Und dreh dich bloß nich nochma um!

Ja, da kann schon schlechte Laune entstehen, auch wenn eigentlich noch gar nix passiert is. Und an den Morgen war dat so. Jetz lag ich da im Bett und hab mir gedacht, jetz bloß nich noch mim falschen Fuß aufstehn, dann is ganz vorbei! Dann läufse drekt Amok mit dein Fuß! Und wie ich dat so zu mir sach, denk ich, wat war eigentlich nochma dein falscher Fuß?

Um halb zwölf wusste ich et dann. Der linke! Ich war auf jeden Fall ziemlich sicher, weil, mit links konnt ich eigentlich noch nie viel. In England hätt ich kein Bein aum Boden gekricht, schon gar nich dat linke. Und bei die ihren Linksverkehr, da hätt ich mich noch nichma fortpflanzen können!

Ja, ich steh so beherzt mit den rechten Fuß auf, zack, direkt en Wadenkrampf! Wahrscheinlich vom lange Liegen. Jetz hätt ich mich eigentlich wieder hinlegen müssen, um den Krampf zu entkrampfen, obwohl der Krampf ja durchet Liegen gekommen war. Ich denk, in wat für ne scheiß Situation bis du denn hier reingeraten?! Da kricht ich dann aber richtig schlechte Laune!

In den Moment kommt mein Frau rein, sieht mich und sacht, boh, Herbert, du machs en Gesicht, als wärse mim falschen Fuß aufgestanden! Jaa, dat is mein Frau! Die kennt mich besser wie meine Westentasche!

Allein unter Frauen

Boh glaubse, die Tage bin ich aufgeblüht! Da bin ich in ein Jungbrunnen gefallen. Zufällig, durch ne Situation. Dat war aber auch ne Situation!

Und zwar kam ich früher nach Hause als gedacht. Wat eigentlich selten vorkommt. Und wie ich so bei uns im Hausflur am Reinkommen bin, hör ich auf einma so Geräusche. So regelrechtes Geschnatter. Dat hörte sich an wie auf ne Hühnerfarm. Ich denk, hat die Guste sich Geflügel zugelegt?

Ich mach so vorsichtig die Wohnzimmertür auf, um die Viecher nich zu erschrecken, da sitzen se da! Die vom Frauenclub vonne Guste, aufgereiht, wie die Hühner aufe Stange. Dat hatte ich ganz vergessen, dat die sich bei uns immer an ein Tach inne Woche treffen, wo ich aber nie da bin, damit die unter sich sind.

Ja, jetz bin ich da unvermutet in die Runde reingeplatzt und wollte mich diskret verdünnisieren, da sacht eine von die, ach, Herr Knebel, setzen Se sich doch zu uns! Dat is ja schön! Wir dachten schon, et gibt Sie gar nich, weil wir Sie noch nie zu Gesicht gekricht haben. Wir kennen Sie ja nur aus die ganzen Geschichten. Ja, und dann sachte eine von die Frauen, also, ne sehr aparte Erscheinung, die sachte, Herr Knebel, so wat wie Sie muss ne Frau doch nich verheimlichen!

Dat ging runter wie Öl! Und dann bin ich durch die Ölung zu ganz große Form aufgelaufen. Die alten Kolben liefen wie geschmiert!

Ich sach, na, die Damen, noch en Schnäpschen? Ers tat sich die

eine oder andre Dame noch genieren, aber als ich dann mit den Tablett reinkam, hamse doch alle zugegriffen.

Bis auf mein Frau.

Ja, und dann wurd dat ne richtig gesellige Runde. Und die aparte Erscheinung sachte, setzen Se sich doch zu mir! Ich sach, dat mach ich! Ich heiß Herbert, und du? Ja, da war dat Eis gebrochen. Da ham wir uns alle geduzt.

Dann hab ich noch ne zweite Runde Schnaps gebracht. Ich sach, komm, auf ein Wickelbein kann man nich stehen! Ja, ich wollt kucken, ob die Spaß verstehn. Wat soll ich sagen: Volltreffer! Da gingen die Gläser drekt wieder hoch.

Außer bei mein Frau.

Und dann kam einer aufe Idee mit Geräuscheraten. Und zwar ich! Ich kann unheimlich gut Geräusche. Ich sach, wat is dat? Und dann hab ich en unheimliches Sägegeräusch imitiert. Da sachte die Erika: Motorsäge!

Ich sach: Falsch! Mein Frau im Tiefschlaf! Wir alle am Lachen. Außer mein Frau.

Ja, und als Krönung hab ich dann noch mein Witz erzählt! Und zwar geht der so: Ich komm nach Hause, will mich en bissken aufe faule Haut legen, da is die einkaufen.

Totenstille!

Ich denk, na? Rohrkrepierer? Sons kommt dat immer gut an unter Männer. Aber nach eine weibliche Schaltsekunde zündete der Witz wie en Kanonenschlag! Alle sich am Kaputtlachen.

Bis auf mein Frau.

Danach war kein Halten mehr. Eine Runde jagte die andere, und immer wieder musste ich den Witz zum Besten geben. Die konnten den einfach nich behalten. Ja, zur vorgerückten Stunde hieß et dann Abschied nehmen. Richtig mit Küsschen anne Tür. Wat soll ich sagen, ich bin von alle geküsst worden!

Bis auf von mein Frau.

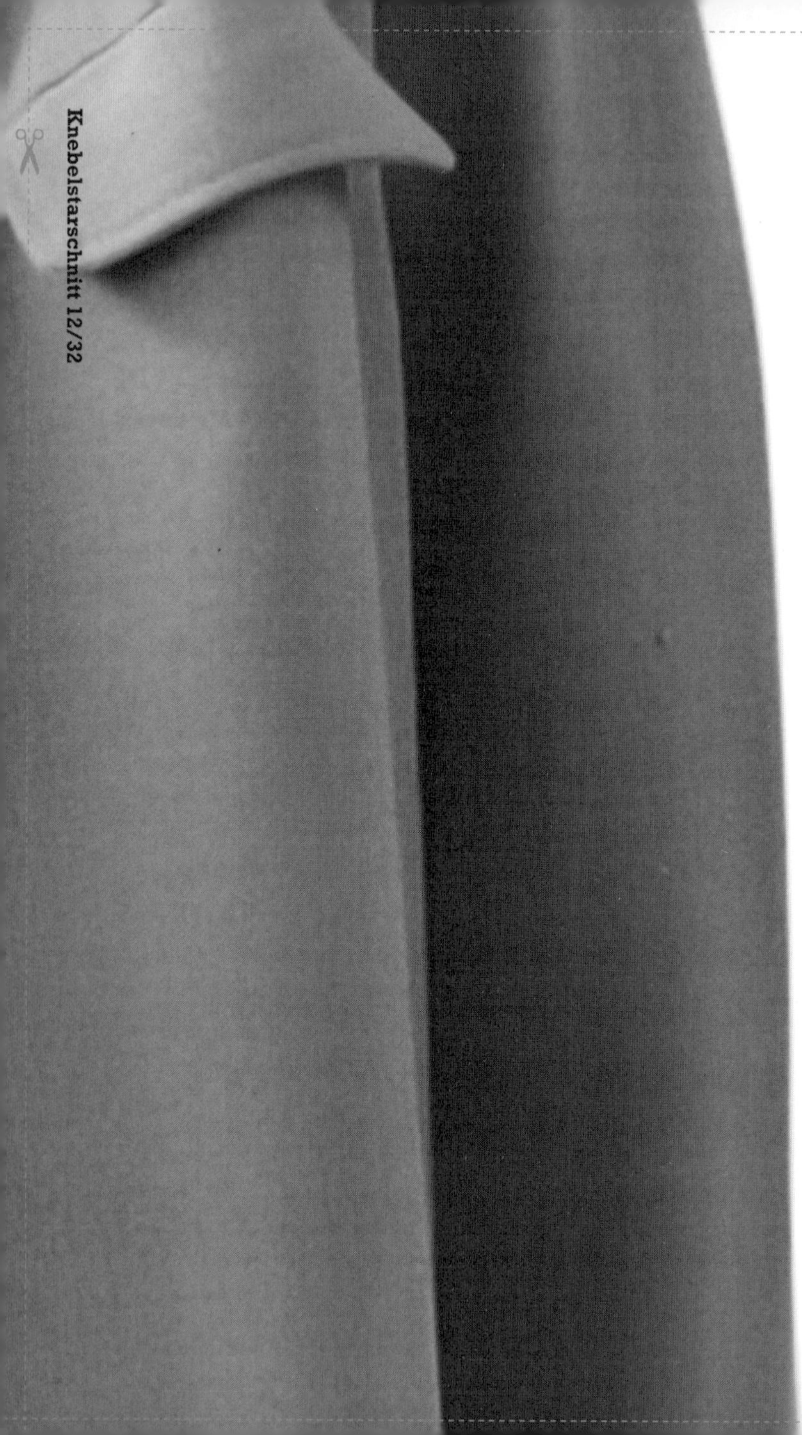

Knebelstarschnitt 12/32

Spätpubertär

Boh glaubse, wissen Se, wer mir aum Geist geht? Oder in den konkreten Fall eher aum Sack? Dat is der Guido Knappsack! Der hat den Sack ja schon im Namen, der Sack. Aber der geht mir gez nich wegen sein Name aum Sack, sondern wegen den sein Verhalten.

Man muss gez dazu sagen, der Mann is zweinfuffzich Jahre alt. Dat merkt man ihm aber nich an. Aber nich, weil der sich so gut gehalten hat, sondern weil der sich aufführt wie son pickeligen Vierzehnjährigen, der nur eins im Kopp hat, nämlich nix ... außer Sex! Der Guido hat son regelrecht pubertäres Verhalten.

Ich mein, bei son Vierzehnjährigen is dat ja normal. Dat gehört ja zur Entwicklung. Da schießen die Säfte ein, und die wissen ersma noch nich wohin. Die suchen noch den Ausgang. Und bei die Suche landen die auch im Kopp und richten da einiges an Verwirrung an. Irgendwann reguliert sich dat im Normalfall, zum Beispiel durch regelmäßige Entsaftung. Da verschwinden dann auch die saftigen Pickel im Gesicht, der ganze Organismus beruhigt sich, und dat Gehirn fängt wieder ganz normal an zu arbeiten.

Aber bei den Guido hasse den Eindruck, als hätte einer den sein Ausgang verstopft. Der Mann steht ständig unter Druck und dreht sich nach jeden Rock um, der über de Straße läuft. Und dann immer seine Sprüche! Kumma, Herbert, hasse die gesehn?! Bei die ihr sein Holz vor de Hütte wär ich gern Waldarbeiter!

Ja, der meint aber gez nich wirklich Holz, also Buche oder Erle, sondern den Balkong von die Perle.

Oder et läuft eine son bissken aufreizend sexy, weil se zu hohe Schuhe anhat. Da is der Guido sofort wieder dran, oh, oh, oh, Herbert, hasse dat Fahrgestell gesehn?! Ich glaub, meine Hormondrüse applaudiert schon wieder. Und dat Verrückte is, bei den Applaus bleibt et dann auch.

Die Tage hab ich mich ihm ma angenommen, weil dat mit seine Sprüche unerträglich wurde. Obwohl, neulich hatte er ma einen rausgehauen, der war nich von schlechten Eltern.

Na ja, auf jeden Fall, ich sach, Guido, du muss deine Sprüche auch ma Taten folgen lassen! Ich sach, Frauen wollen nich nur Sprücheklopfer. Merks du eigentlich nich, wie du dein ganzes Umfeld aufe Eier gehs, vor allen Dingen die Weiblichkeit?! Ich sach, Guido, et muss sich doch ma wat ändern! Du bis zweinfuffzich Jahre alt! Verstehs du dat?!

Auf einma bricht der Mann vor mir emotional zusammen und heult los wie son Schlosshund. Der krichte en richtigen Heulkrampf und krichte sich gar nich mehr ein. Ich denk, ach du Scheiße, hoffentlich bringt der Mann sich nich um! Ich hab ja mit so wat gar keine Erfahrung, mit Umbringen.

Da kommt et auf einma aus ihn raus: Mein Gott, Herbert, du has ja recht! Aber ich bin so unsicher! So schüchtern! Ich hab noch nie wat mit ne Frau gehabt!

Ich denk, dat is ja tragisch! Aber andererseits is ihm auch ne Menge erspart geblieben. Dat hab ich ihm aber nich gesagt. Ich wollt ihm ja nich seine Verzweiflung nehmen. Und dann hab ich aber versucht, ihn irgendwie wiederaufzubauen. Ich sach, Mensch, Guido, manche Sprüche sind doch gar nich so schlecht von dir! Besonders der eine da! Konzentrier dich auf den! Den kannse ruhig öfters bringen. Welchen denn?, sacht er, noch so halb weinend.

In dem Moment kommt ne Frau vorbei, son richtiges Geschoss! Ich sach, jetz pass ma auf! Da geh ich da hin und sach zu den Geschoss, junge Frau, offen gestanden gefällt mir Ihre Bluse ganz gut! Und ich kuck so augenzwinkernd zu den Guido rüber. In dem Moment krich ich von dem Geschoss eine geschossen!

Ich sach, sisse, Guido, so kommse im Kontakt!

Knebelstarschnitt 13/32

S-Bahn

Boh glaubse, die Tage bin ich mitte S-Bahn gefahren. Zwangsläufig, weil, mein Fahrer hatte sich en Tach freigenommen. Häh, häh, kleiner Scherz am Rande. Komm, Spaß is Trumpf, gerade im Unterhaltungsbereich!

Jedenfalls, ich kam spätabends vom Kegeln und hatte so leicht ein inne Hacken, weil, wir ham bei uns in unsern Kegelclub ne Sonderregelung: Der, der en Pudel macht, der muss zur Strafe auf seine eigenen Kosten en Schnaps saufen. Und an dem Abend hab ich mich als großer Tierfreund entpuppt. Ich hab ein Pudel nachm andern produziert, en richtiges Pudelrudel! Nache ersten vier Schnäpse hab ich die Kugel praktisch gar nich mehr aufe Bahn gesetzt. Und dadurch war ich natürlich inne Fahrtüchtigkeit etwas eingeschränkt. Ja, da hab ich mich mit meine Lieblingskugel inne S-Bahn gesetzt, zwei Fahrscheine für uns zwei Hübschen, und dann ab nach Hause nache Mutti!

Jetz muss ich dazu sagen, ich war schon länger nich mehr mitte S-Bahn gefahren, und schon beim Reinfahren von dem Zug am Gleis war ich son bissken irretiert, ob der dat überhaupt is, weil, der Zug sah aus, als wenn da ne Horde von abgebrochene Maler- und Lackiererlehrlinge ihren Frust drauf abgelassen hätten. Die ganze Karre vollgespritzt, aber nich ünni, sondern kunterbunt!

Auf jeden Fall hab ich en Schaffner abgegriffen und den nache Richtung von den Zug ausgequetscht, und als der sachte, Altenessen läg aufe Rute, hab ich mich da reingequetscht, weil, innendrin war ordentlich wat los! Ich kuck mich um, fast nur

Besoffene! Dann hab ich aber genauer hingekuckt und gemerkt, dat die meisten gar nich wie typische Kegler aussahen, weil, keiner hatte ne Kugel dabei, außer die vielleicht, die en Revolver bei sich mitführten. Ja nu, man weiß ja nie.

Und auch vonne Bekleidung wirkten die gez wat anders als normale Kegelbrüder und -schwestern. Die meisten Jungens hatten ihre Buxen runnergelassen, aber so aus Modegründen, und dann hatten die alle ne Kappe aufe Birne, aber so schräg gestellt, und dann noch Piratentuch drunter.

Als ich dann so zum Sitzen kam, is mir ersma aufgefallen, warum die S-Bahn eigentlich S-Bahn heißt. Wahrscheinlich steht dat «S» für Siff, also Siff-Bahn. Hömma, der Fußboden klebte wie Zuckerwatte, die Polster aufgeschlitzt wie geplatzte Bratwürste, überall Brandflecken und alles zugeschmiert mit Filzstift. Ja, viel so gemalte Geschlechtsteile von uns. Teilweise gar nich so schlecht. Und dann so Sprüche, die ich gez hier nich vertiefen will. Ich denk, wo bisse denn hier gelandet?! Zombieexpress nach Herne?

Kurz dadrauf setzten sich so drei Jugendliche mit bei mir aufe Sitzbank. Die hatten alle Stöpsel inne Ohren und waren Musik am Hören. Dat war ne Geräuschkulisse! Wie auf Mittelwelle, weiße, wo sich die Sender so überlagern. Meine Fresse näh, wat en Durcheinander!

Nach en paar Minuten sacht ich so, na, Freunde der Blasmusik, könnt ihr euch nichma auf einen Sender einigen? Weiße, wat der eine da zu mir sacht? Halt Schnauze, ich hatte deine Mutter, war scheiße! Hömma, da is mir vor Schreck die Kegelkugel ause Hand gefallen, genau auf den sein Fuß drauf, weiße, vorne anne Zehen, wo der Fuß ja besonders empfindlich is. Und beim Entschuldigen muss mir dann die Kugel unglücklicherweise nochma ause Flossen geflutscht sein, direkt auf den sein Kopp drauf.

Gott sei Dank ging da die Tür auf für Altenessen. Da bin ich schnell raus, bevor der wieder zu sich kam. Auf jeden Fall war ich da mit dem Kegelabend wieder versöhnt, weil, ich hatte ja doch noch wat getroffen.

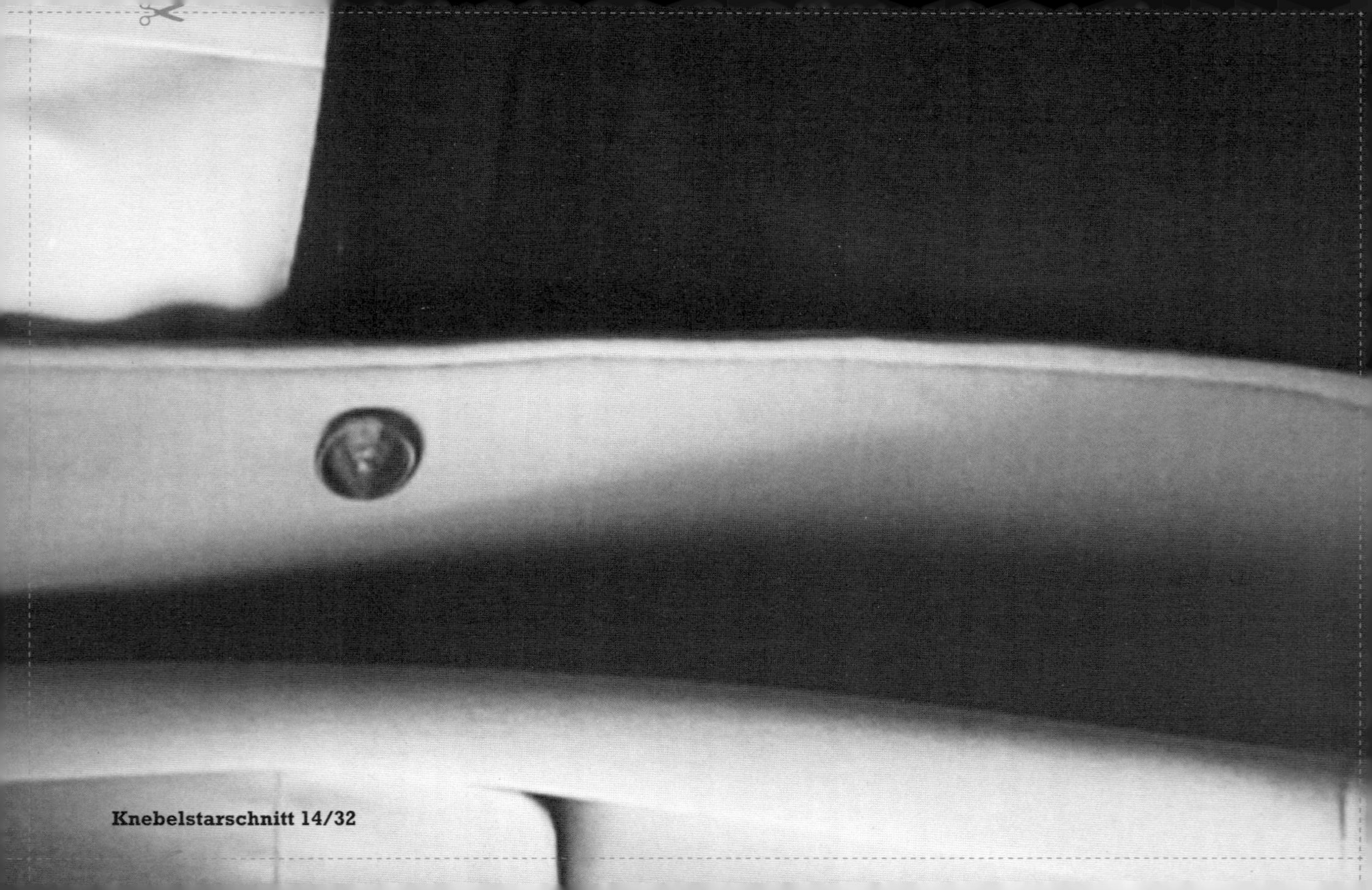
Knebelstarschnitt 14/32

Herbert hilft ...

im Verkehr

Wie kann ich verhindern, dat ich bald schon wieder tanken muss?

Liebe Ratsuchende,

bestimmt kennt ihr auch dat Problem, dat euer Tank von eure Karre oft zu schnell leer geht. Erklärungsversuche hierfür kann an verschiedene Faktoren liegen.

Faktor 1: Euer Tank hat vielleicht en Loch
Faktor 2: Eure Karre säuft wie en Loch
Faktor 3: Euer Nachbar hat euern Tank angezapft, um selber Sprit zu sparen (find ich persönlich am wahrscheinlichsten)

Hier mein konkreter Lösungsvorschlag:

Einfach ma statt Super Diesel tanken. Dann kuckt der Nachbar aber ganz schön doof ausse Wäsche!

Sicherheitshinweis: Niemals selbs mit falschen Kraftstoff fahren!

Marathon

Boh glaubse, wissen Se wat? Wir ham gez ne richtige Sportskanone im Haus! Und zwar den Anton Siepmann. Den kennen Sie, glaub ich, noch gar nich. Den hatt ich in meine Geschichten bislang noch nich erwähnt. Aber irgendwann is jeder ma dran, vorausgesetzt, er erlebt wat, wat sich auch zu erzählen lohnt.

Ja, und dat is beim Anton der Fall, weil, der trainiert nämlich jetz für Langstrecke, aber … ganz lang! Dat Längste, wat et gibt: Marathon! Da warn wir alle platt, weil, wir hatten den Anton eigentlich immer eher aufe Kurzstrecke gesehn: einma Bude und zurück, für Zaretten und Bier. Also, der Anton war mehr son Breitensportler, aber en richtig Breiten. Der hat bestimmt 150 Kilo aufe Waage gebracht. Der war mehr son klassischen Zumoringer, nur ohne Zumo.

Und irgendwann hat den sein Arzt Alarm geschlagen und gesacht, Herr Siepmann, Sie müssen sich entscheiden: tot oder lebendig? Und für «lebendig» geb ich Sie den Tipp, machen Se Sport! Wenn Se sich für «tot» entscheiden, könn Se et ganz ruhig angehen lassen. Augen zu und durch und warten, bis irgendwann die Lichter ausgehen. Ja, und dann hat der Anton sich, trotz der Verlockung, et ruhig angehen zu lassen, fürt Leben entschieden.

Und gez macht der schon seit einiger Zeit Sport. Und immer intensiver! Wenn man da einma mit anfängt, kann dat ja schnell zum Suchtverhalten werden. Der Anton heißt bei uns im Haus nur noch der Marathoni.

Ich weiß noch, am Anfang, als ich dat gar nich wusste, da kam

der dicke Anton öfters ganz verschwitzt die Treppe rauf, und ich sachte zu ihm noch scherzeshalber, Anton, wollse bei Olympia mitmachen? Die Ringe hasse ja schon, zwei unter de Augen und drei am Bauch. Ja, aber den sollten Se jetz ma sehn! Der hat ordentlich abgenommen. Ich mein, fünf Ringe sind dat immer noch, nur hatter gez vier unter de Augen und dafür aber nur noch einen am Bauch. Ja, dat schlaucht ja auch.

Und neulich hab ich en ma gefragt. Ich sach, Anton, bei wat fürn Kilometerstand bisse denn? Da sacht er, er wär vor kurzem schomma en Halbmarathon gelaufen. Ich sach, ach so, nur hin. Und zurück mit Bus und Bahn? Ich sach, ja nu, dat is ja schomma ne reife Leistung! So weit kommt manch einer nich mim Moped. Da meinte er aber son bissken verzweifelt, er hätte sich doch vorgenommen, beim Köln-Marathon dabei zu sein, und er hätt im Moment Zweifel, ob er bis dahin fit genug wär für die Strecke.

Ich sach, Anton, ich würd mich von die ganzen Marathonisten nich bekloppt machen lassen. Wenn man ma ehrlich is, is dat doch nur reine Geschäftemacherei. Die wolln ein doch nur Schuhe, Pulsuhren, Funktionsunterwäsche und Nahrungsmittelergänzungsmittel andrehen. Und jeder Hingping, der inne Lage is, en paar Turnschuhe zuzumachen, meldet sich da an. Die Hälfte landet doch sowieso im Unterholz oder im Krankenwagen.

Ja, und da isser wohl int Grübeln gekommen und lässt et seitdem en bissken lockerer angehen. Neulich hab ich en im Orakel-Grill getroffen. Da war er grad dabei, en Marathon-Teller zu verputzen – mit 42 verschiedene Fleischsorten!

Motten

Boh glaubse, gestern Abend sitz ich so vorm Fernseher und kuck Tagesthemen, auf einma fliegt da ne Motte durchet Bild! Ich mich ersma kaputtgelacht. Und der Sprecher musste sich auch zusammenreißen, konnse richtig sehen, wie der weiter ganz konzentriert inne Kamera gekuckt hat. Jaa, dat sind Profis!

Dann kam Wetter, auf einma war die Motte wieder da. Aufe Krawatte von den Kachelmann. Da hab ich aber die Schnauze voll gehabt und umgeschaltet, weil, ich kuck schon gerne Tierfilme, aber so Ungeziefer, da kann ich nich so drauf. Wat soll ich Sie sagen, da hatten die auf den andern Sender auch die Motte. Und dat noch bei ne Kochsendung!

Ich denk, jetz geht et aber los! Und als ich dann wieder umgeschaltet hab auf die Wiederholung vonne alte Folge von «Der Alte» und da wieder ne Motte am Sitzen war, hab ich mir gedacht, hömma, dat is gar nich im Film! Mit dem Fernseher stimmt wat nich!

Da bin ich näher am Fernseherapparat drangegangen und hab gesehn, dat die Motte extern war von den TV-Gerät. Da hab ich mein Pantoffel ausgezogen, da is die direkt vonne Scheibe abgeschmiert. Da hab ich aber trotzdem nochma zur Sicherheit draufgekloppt, falls die sich nochma bekrabbelt, dat se dann auch tot is. Man weiß ja, wat so Motten anrichten können! Von wegen, «der Falter der Nacht»! Die fressen dir die Buxe unterm Arsch weg, wenne nich aufpasst.

Auf jeden Fall dachte ich, ich hätte mich des Problems der

Motte erledigt. Ja, en paar Tage später geh ich am Kleiderschrank und hol meine andere Jacke raus – ich hab ja noch ne zweite –, da merk ich ersma nix. Und wie ich so mit die Jacke aufe Straße geh, merk ich aber so Blicke, weiße, wie se alle am Kucken sind. Da hab ich mir aber auch noch nix bei gedacht, weil, ich bin dat ja gewohnt, dat man mir ne gewisse Aufmerksamkeit entgegenbringt. Aber an den Tach war et irgendwie en bissken dicke.

Ich denk, wat is denn mit deine Fans los?! Lief gestern wieder ne Wiederholung von dir im Fernseh? Und wie ich so nach meine Autogrammkarten greif, merk ich, dat die gar nich da sind, sondern hinter mir verstreut aufe Straße liegen. Und in dem Moment fängt ein Kind am Singen: In Essen, in Essen, in Essen wohnt ein armer Mann, hat Kleider nich, hat Lumpen an.

Und wie ich so an mir entlangkuck, seh ich, dat die Jacke mehr Löcher hat als wie son Golfplatz. Ich mich aum Absatz umgedreht und nach Hause. Ich sach, Guste, Mottenalarm! Da sacht sie, dat hättse auch schon festgestellt und sie hätt schon Kugeln ausgelegt. Ich sach, Guste, mit Auslegen kommse nich weit! Kuck dir ma meine Jacke an! Du muss schießen mit die Kugeln, wennze welche has!

Ja, da ham wir uns zwei Fletschen gekauft, und immer, wenn wir ein von die Kleiderfresser gesehn ham, ham wir mit die Kugeln draufgehalten. Dat hat nachher richtig Spaß gemacht! Am Ende hatt ich 23:4 gewonnen. Ich bin dann aber trotzdem noch auf Nummer Sicher gegangen und hab meine Pantoffeln in Schrank gehängt, um auch die Brut auszuräuchern. Jaa, öko!

Leibwächter

Boh glaubse, et gibt Berufe, da fühlen sich nur ganz wenige zu berufen. Wissen Se, wat der Gerd Tschitschewitsch gez für einen Job angenommen hat? Der is Leibwächter! Also, auf Neudeutsch: Bodygerd.

Dat is bei den gez aber auch nich weiter verwunderlich, weil, der hat schon immer wat mitte Wächterei zu tun gehabt. Als Kind war der schon immer Torwächter gewesen. Ja, wegen den seine großen Hände. Da hat der die ganzen Bälle mit ausn Strafraum gepflückt.

Ja, dann war der, als der größer wurde, Torwächter inne Disco. Wenn da einer pampig wurde, da hat der einma mit seine Kellen hingelangt, dann war Ruhe im Schacht. Dann isser wat seriöser geworden, hat als Parkwächter gearbeitet, und dann isser in sonne Jehova-Familie eingeheiratet und hat lange Zeit den Wachturm verkauft. Als er dann aber gemerkt hat, dat die Welt doch nich untergeht, hat er sich enttäuscht von die Sekte abgewandt und is Nachtwächter geworden bei son Matratzenhersteller. Da hamsen aber rausgeschmissen, weil er en paar Mal eingeratzt is.

Und jetz isser wie gesacht Leibwächter, aber nich vonne Queen von England oder son Politiker, sondern von ein Busenstar. Und zwar is dat sonne Olle, die nachts im Deutschen Sportfernseh nach Automarken mit verschiedene Buchstaben fragt. Hamse bestimmt auch schon ma gekuckt. Da steht die da, nur mit son Büstenhalter an, und sacht immer nur, falsch, ruft nochma an!

Ja, und um 12 Uhr macht die den Büstenhalter auf. Da läuten aber die Glocken im Deutschen Sportfernseh!

Und sie, also die Glöcknerin, is binnen kürzeste Zeit in gewisse Kreise so popoleer geworden, dat die sogar schon aufe Straße angequatscht wird. Und die wollen dann mit ihr am helllichten Tach … also … Automarken raten. Ja, und deswegen hatte sie sich nach Personenschutz umgekuckt beziehungsweise mehr Körperschutz.

Und ausschlaggebend für die Einstellung von den Gerd waren wieder ma ihm seine großen Hände, mit die er den Busenstar vor Angriffe, Übergriffe und … Griffe schützen soll. Ich mein, ich will et ma so formulieren: Die ihre herausragenden Eigenschaften sind ja hochempfindliche Gebilde der plastischen Chirurgie! Ein falscher Griff, und dat ganze kostbare Gebilde, dieset künstliche Wunderwerk aus Silicon, diese Symbiose aus Fugendichter und die ihren weiblichen Basismaterial … geht in Arsch!

Ja, und dann: Karriere ade! Ich mein, wat will die dann noch moderieren? Tagesthemen? Da kommt die mit ihre beiden Halbsätze, «falsch, ruft nochma an!», nich weit. Aber um dieses Desaster zu verhindern, hat se ja jetz den Gerd Tschitschewitsch. Gott sei Dank!

Ja, und für den Gerd schließt sich en Kreis. Als Kind die Bälle ausn Strafraum gepflückt und jetz als Erwachsenen wieder Bälle. Aber Pflücken is nich!

Hautexperiment

Boh glaubse, ich hab ne ganz interessante Zeit hinter mir! Und zwar war ich Teil gewesen von ein Experiment, wat ich mir selber ausgedacht hatte, und zwar bei den Wettbewerb, den ich mir auch selber ausgedacht hatte, «Oppa forscht». Ich mein, warum soll immer nur die Jugend forschen?

Und zwar hatte ich inne Apotheken Umschau en sehr interessanten Artikel über Haut gelesen. Der Artikel hieß: Die Haut – unsern größten Organ. Da hatte son Experte geschrieben, dat übertriebene Hügiäne übertrieben wär, also, dat in erster Linie zu viel Duschen mit Schampongs die Flora und Fauna vonne Haut ruinieren tät.

Und zwar hat jeder von uns ein unsichtbaren Säuremantel an, der praktisch wie ne Ritterrüstung um uns drum wirkt, aber gez leichter. Und diesen Panzer verhindert, dat Pilze, Milben, Packterien und anderes Gedöns sich bei uns einnisten und oft auch Auslöser sind für Entzündungen. Ja, und durch dat ständige Gedusche und Gerubbel an ein wird der Schutzmantel kaputt gemacht.

Und er hatte empfohlen in sein Artikel, dat man wie früher nur einma inne Woche Hand an sich legen sollte. Und da ich inne letzte Zeit öfter ma entzündet war und ich, wenn ich ehrlich bin, sowieso von Haus aus en Duschmuffel bin, hab ich mir gedacht, komm, Herbert, schlägse zwei Fliegen gleichzeitig.

Ja, wat soll ich Sie sagen, die erste Woche lief so gut, also, ich hab nix vermisst, dat ich drekt noch ne zweite Woche drangehängt hab. Und dann kricht ich aber en Problem, also, nich ich,

sondern mein Umfeld, in dem ich mich bewegt hab. Im Supermarkt wurd dann die Kasse, an der ich mich angestellt hatte, schlagartig leer. Leider haute die Verkäuferin auch drekt mit ab. Selbs im Käseladen wurd ich nich mehr bedient, obwohl die ja geruchsmäßig abgehärtet sind. Und als mir dann aufe Straße die ersten Tiere auswichen, wusst ich, Herbert, jetz musse ihn, also … den Experiment abbrechen.

Ja, wat soll ich Sie sagen, ich steh unter de Dusche, hab mich schön nass gemacht, einschampongniert und verseift, aber bis inne hinterletzte Fuge, da geht dat Wasser weg. Ich denk, wat is gez?! Ham die sich vonne Stadtwerke mein Experiment angeschlossen? Dann hört ich aber in den Moment, wie son Lautsprecherwagen sachte: Wie Sie bestimmt gemerkt haben, ham wir dat Wasser abgestellt. Wir hoffen, dat wir dat im Laufe vonne Woche im Griff kriegen. Schöne Grüße vonne Stadtwerke. Immer für Sie da!

Ja, da bin ich mit en umgebundenen Handtuch zu die Nachbarn rüber und hab gefragt, ob die noch irgendwo wat Wasser gebunkert haben. Wie die mich sahen, sachten die, Herr Knebel, dat wird auch Zeit, dat Sie ne Waschung vornehmen! Sie hätten im Haus schon Unterschriften gesammelt. Ja, aber die hatten natürlich auch kein Wasser.

Und dann kam die Stunde von unsern Ideenfuchs Herbert Knebel! Da bin ich mim Kasten Azündia Quelle unter de Dusche gegangen und hab mich freigespült. Dat hat geperlt wie Hacke! Dat hat meine Haut richtig nach vorne gebracht! Seitdem: entzündungsfreies Leben!

Na ja, und dat mit dem Duschen mach ich jetz wohl doch en bissken öfter. Einma inne Woche sollte et schon sein.

Aufzug

Boh glaubse, die Tage braucht ich dringend ne neue Matratze, weil, die alte war total … durchgeorgelt. Ich hatte mich im Internetz schomma fachkundig gemacht … Ja, da sind Se erstaunt, wat ich mittlerweile alles kann! Und ich hatte eingegeben: www.wogibbetbilligematratzen.de. Ja, und da zeigten se eine, die hatten se runtergesetzt von 400 Euro auf 399 für 2 mal 2 mal 2 Meter. Ja nu, mein Frau brauch ja einiges an Platz im Bett. Und bei dem Kubikmeterpreis, dacht ich, da kannse nix falsch machen.

Gez war die Matratzenabteilung ganz oben unterm Dach, und ich musste nach den Kauf vonne Matratze ja mim Aufzug runter. Mein Frau war schon vorgefahren, um nach irgendwat zu stöbern. Und wie ich so im Aufzug steh mit unsre neue Lastexmatratze und mich so frag, wie groß eigentlich unser Bett is, fängt auf einma dat Licht an zu flackern vom Aufzug, und der Arsch bleibt stehn.

Jetz waren außer mir noch diverse andere Mitreisende an Bord, die ich aber nich sehen konnte, weil se sich aufe andere Seite vonne Matratze befanden. Und da hört ich ne Frauenstimme, die schon so leicht historisch klang, die fragte, steckt der? Und ne deutlich tiefere Stimme, wie von ein Mann, antwortete, ich glaub, der is am Stecken! Worauf zwei Kinder drekt anfingen zu weinen.

Ich sach, keine Panik, Kinder, wir sind ja nich mehr ganz oben. Ich konnte dat gut sehen, weil ich aufe Seite vonne Schalttafel war. Ich sach, wir haben dat immerhin schon bis zwischen dritten und vierten Stock geschafft. Wir können also nur noch maxi-

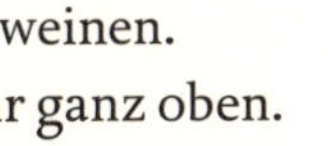

mal bis vier Stockwerke abstürzen. Da sacht eins von die Kinder, Mama, is «vier» hoch? Ich sach, ja sicher is dat hoch! Verdammt hoch! Aber nich so hoch wie fünf, hab ich dann zur Beruhigung hinterhergeschoben. Ich weiß ja, wie man mit Kinder umgeht. Ich hab en Händchen für die.

Und da ich ja aufe Seite vonne Schalttafel war, hatt ich auch Zugriff aufe Notruftaste. Ich sach, bleibt ruhig, ich hol Hilfe. Ich drück auf die Taste, da sackt der Aufzug en halbes Stockwerk tiefer. Da kam aber Bewegung in die Mannschaft. Die Kinder am Schreien wie aufe Kirmes, die Mutter am Schreien, als wär se mit aufe Kirmes, und der Mann sachte, um Himmels willen, bleiben Se mit Ihre Fottfinger von die Taste weg! Ich sach, hömma, Freund, sei froh, dat die Matratze zwischen uns is, sons würd dat hier aber anders aussehen!

Da sacht ein Kind, Mama, ich muss groß! Ich denk, oh Gott, meine Matratze! Ja, da hab ich intuitiv drekt wieder auf Notrufsignal gedrückt. Zack, geht die Kiste schlagartig wieder en halben Stock tiefer. Alle wieder am Schreien wie die Wahnsinnigen. Ich sach, Leute, wisst ihr wat, dat mach ich jetz noch en paar Mal, dann sind wir unten. Ich lass uns durchsacken bis nache Paterre. Da war dat Geschrei noch größer.

Ich denk, gleich machen die sich alle inne Buxe, und da wollt ich die Situation wat runterkochen. Ich sach, Leute, ich hab ne Idee. Ich hab hier zufällig ne Matratze dabei. Die leg ich jetz platt hin und wir uns platt drauf. Dann ham wir ne gute Unterlage, wenn et rummst.

Gesacht, getan. Und wie der Mann, die Blagen und die Frau sich so an mich anklammerten, geht die Tür vom Aufzug auf, und fuffzich Leute kucken rein, dadrunter mein Frau, und mein

Frau sacht, hömma, Herbert, isset dat, wofür ich dat halte?! Und ich sach, ja, Guste, da liegse richtig, dat is unsre neue Latteck-Matratze! Da sacht mein Frau, die is doch viel zu groß für unser Bett!

Ja, da sehn Se ma, wie gut, dat ich dat Luder vor Ort Probe liegen konnte, sons hätt ich den Oschi zu Hause gehabt, und der hätt nich gepasst. Ja, da konnt ich zu Hause nochma ins Internetz gehen unter www.wogibbetnematratzediegutpasst.de.

Herberts Lürick-Ecke 3

Winter

Der Winter is vergangen
Die Strassen brechen auf
Dat war aber auch en Frost!
Gez muss dat alles neu geteert werden!
Wat dat wohl kost?

Frühling

Amsel, Drossel, Fink und Star
Lassen auf sich warten
Ich glaub, ich geh im Garten
Und ruf die ma

Sommer

Die Sonne knallt uns aufe Mützen
Verdampft sind alle Frühlingspfützen
Und wenn die Sonne weiter knallt
Dann müssen wir uns schützen
Sons gibbet Sonnenbrand!
Vor allem aufn Rücken
Der Sommer hat schon seine Tücken!

Herbst

Der Herbst is nich der Winter
Und auch der Frühling nicht
Schon gar nich is er Sommer
Und aus is dat Gedicht!

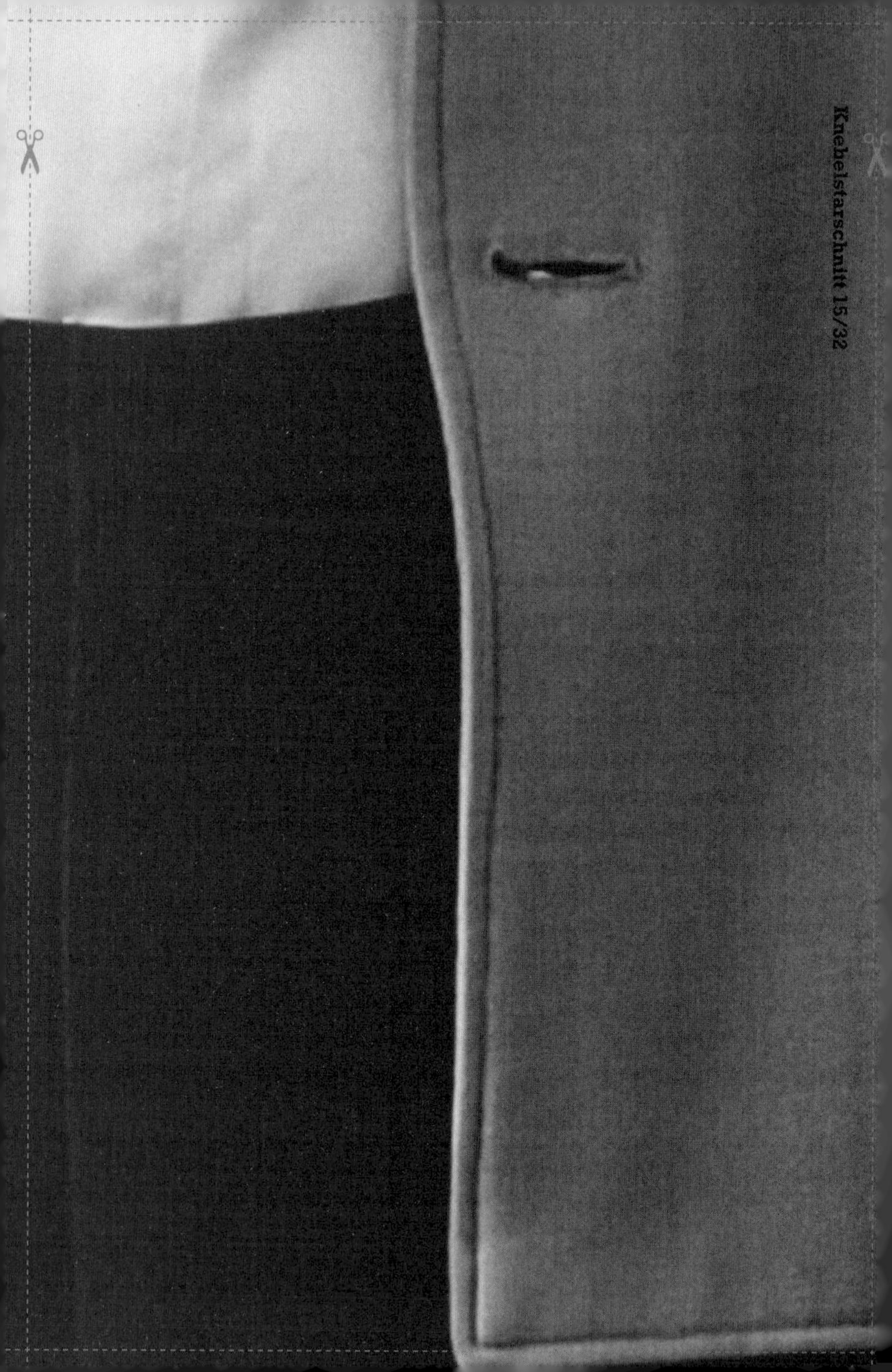
Knebelstarschnitt 15/32

Berghütte

Boh glaubse, neulich war ich ganz oben! Auf the top! Aum Gipfel! Aber gez nich von meine Karriere, dat kommt ja ers noch ... hoffentlich. Viel Zeit bleibt mir ja auch nich mehr. Näh, ich war wirklich aum Gipfel von ein Berg vonne Alpen. Aber nich Alpen am Niederrhein, sondern inne alpinen Alpen. Österreich.

Und zwar, der Josef Stieglmeier aus Bottrop-Boy, der is ja an für sich gebürtiger Österreicher, und der hatte mir immer vorgeschwärmt von seine Berge. So wat hätt ich noch nie gesehn, und ich müsste unbedingt ma mitkommen, wenn er da ma wieder hinfährt für sonne Bergtour.

Ich denk, warum nich? Schön mitte Gondel hochgondeln, oben aum Berg dat Pannerama genießen, Obstler dazu, Kraut- und Knödelplatte, Kaiserschmarrn, Palatschinken, dat macht Sinn!

Ja, jetz konnt ich mich zu Hause drei Tage freimachen, und danach musst ich aber auch los, weil, der Berg ruft nich ewig. Jetz hatte der Josef ne schöne Pangsion für uns gebucht, und dann hatten wir uns am ersten Morgen vor de Pangsion für nachn Berg verabredet. Ich hatte mir son bissken sportliches Outfit mitgenommen, weil ich dachte, da siehse nich ganz so unsportlich aus. Und wie ich da morgens so stand in mein Joggeranzug, kam der Josef umme Ecke. Ich sach, wie siehs du denn aus?! Willse zu Fuß aum Himmallaja?

Der sah aus wie der Luis Trinker. Für die Jüngeren, dat war ma en ganz berühmten Bergsteiger im Fernsehn. Der Josef hatte so

Knickerbocker an, kariertes Hemd, Wanderstiefel und en Gamsbart, also … anne Mütze. Dann hatte der noch en Rucksack aufgeschnallt, wo noch son Seil dranhing und en Eispickel. Ich sach noch, Josef, willse die Gondel entern? Da sachte er, was für a Gondel? Ich sach, hier is doch alles voll bei euch mit Gondeln. Dat hört man doch immer, wenn eine abschmiert. Da sacht er, Herbert, mir kraxeln.

Und dann isser auch gleich losgekraxelt und ich zwangsweise hinterher. Meine Fresse, war dat anstrengend! Nach zwei Stunden sachte ich, Josef, wo wills du eigentlich hin? Da zeigte er auf einen kleinen, schwarzen Punkt hoch oben am Firmament und sachte, zu die Hütten. Ich sach, Josef, bisse dir sicher, dat dat noch Österreich is?, aber da war der schon wieder weitergekraxelt.

Nach sechs Stunden Anstieg standen wir tatsächlich vor de Hütte. Ich sach, Josef, der Panneramablick kann warten. Wir gehen gez ersma lecker Jägerschnitzel essen. Ich stürm regelrecht rein inne Hütte, weil mir der Magen schon inne Kniekehlen hing, da war da gar nix drin inne Hütte, nur son paar Almöhis, die sich eine Schnitte schmierten. Da konnse gar nix bestellen! Ich sach, Josef, wat is denn mit Happehappe? Da sacht er, des passt scho, macht sein Sack auf und holt en paar Brotkrumen und ne Gamswurst raus. Ja, da hab ich die in meine Not verdrückt, aber ich hab ihm auch noch en bissken wat abgegeben.

Nache Mahlzeit denk ich, gez kuckse dir ma dat Pannerama an. Hömma, da war auf einma Nebel aufgezogen. Da war ich froh, dat ich die Hütte wiederfand. Ich sach, Josef, wie komm wir wieder runter? Da meinte er, morgen. Ich sach, aah, is hier noch en Hotel?! Da sachte er, da legs di nieder! Ja, da mussten wir da in dem Kuhstall pennen. Aum Strohsack!

Gott sei Dank hatte der Josef in sein Marschgepäck ne Pulle Enzian mit dabei. Und dann hab ich mich da, ich glaub auf 6800 Meter, ausm Leben geschossen. Und inne Nacht hab ich geträumt, der Berg würd kommen. Da waren dat aber nur die anderen Bergsteiger, also … die schon wieder losgingen nache nächste Hütte.

Tja, am nächsten Morgen bin ich dann völlig zermartert mim Josef abgestiegen. Und als wir dann unser Basislager, die Pangsion, wieder erreichten, hab ich ersma zwei Tage durchgeratzt, während der Josef weitergekraxelt is.

Ja, da merkt man schon so kulturelle Unterschiede. Ob wir die Österreicher mit ihre sonderbare Art jemals intigriert kriegen, ich weiß et nich.

Knebelstarschnitt 16/32

Podcast

Boh glaubse, wissen Se, wo ich mich gez intensiver mit ausenandergesetzt hab? Dat is Pottcast. Jetz blättern Se nich drekt um, weil Se nich wissen, worum et geht. Ich wusste dat nämlich auch bis gez mein ganzes Leben lang nich. Auf jeden Fall is dat wat mit Computer und Internetz, aber digital und im Fernseh.

Am besten erklär ich Sie dat ma, wie mir dat auch erklärt worden is, und zwar von den Ozzy Ostermann. Ja, da war ich auch überrascht, dat so ein Hirni wie der Ozzy digital kann. Und zwar kam der an und sacht, hömma, Alter, weiße, wann ich gestern die Tagesschau gekuckt hab? Jetz halt dich fest! Und wie ich mich so festhielt, sacht der auf einma, um 20 nach 8!

Ich sach, da war die doch aus. Da hatten se doch schon beim Tatort den ersten Toten … umgebracht. Da sachte der Ozzy, Pottcast, Alter! Dat is total abgefahrn! Dat kannse dir ausm Internet runtersaugen. Und jetz kuck ich die Tagesschau, wann ich dat will! Ich sach, ja und? Dat mach ich auch! Entweder um 18 oder um 20 Uhr. Und wenn ich gut drauf bin, dann kuck ich sogar noch die Anne Will.

Da sachte der Ozzy, dat wär aber ne ganz neue Form von Freiheit. Man könnt sich dat Fernsehprogramm quasi selbs zusammenstricken. Ich sach, ja toll! Willse dann die 18-Uhr-Nachrichten mitten inne Nacht kucken und Frühstücksfernseh mittags? Ich sach, da kommse doch völlig durchenander. Wenn du deine 18-Uhr-Nachrichten um 20 Uhr kucks, dann sind die doch gar nich mehr aktuell. Wenn die um 18 Uhr ne Unwetterwarnung

rausschicken, die du ers nachts als Spätnachrichten kucks, dann hasse dat Unwetter ja schon verpasst, und alle anderen müssen die Keller auspumpen. Ich sach, et gibt nix Aktuelleres wie die aktuellen Nachrichten. Und andersrum, nix is älter, Alter, wie die Tagesschau von grade.

Ich muss sagen, ich brauch son Killefit nich, also sonne neue Mode, dat se alle wat kucken, wat zu der Zeit gar nich gezeigt wird, wie auch dies zeitversetzte Fernseh, wat se ma aufe Funkausstellung gezeigt ham. Weiße, woe, wenne Gottschalk kucks und du mitten inne Wette pinkeln muss, woe dann auf Pause drücks, und die machen dann aber weiter mit die Wette, nur in dein Fernseher nich, weil der angehalten wurde. Und woe, wenne zurückkomms, du wieder drücken kanns, und dann macht der Fernseher da weiter, wo der Gottschalk aufgehört hat. Und dann hasse nix verpasst. Toll, näh?!

Stell dir dat doch ma beim Fußball vor! Argentinien – Deutschland, WM 2006, Elfmeterschießen! Und du drücks Pause und gehs aum Klo, weile ja weiß, die schießen bei dir ers weiter, wenne wieder da bis. Ja, aber die Nachbarn wissen dat nich, dat du son hochmodernen Fernseher has. Und dann sitzte da aufe Schüssel und hörs die Nachbarn jubeln, und du überlegs fürn kurzen Moment, ob bei dir inne Siedlung auch Argentinier wohnen. Und dann is dir aber klar, Deutschland is ne Runde weiter. Und du kanns noch nichma hochspringen und mitjubeln, weile ja aufe Schüssel sitzt. Dat is doch doof!

Mein Gott, et gibt doch nix Schöneres, als punktgenau vorm Fernseher zu sitzen und zu wissen, jetz bin ich nich allein! Millionen andere sitzen da auch und kucken Tagesschau. Dat is doch en schönes Gefühl! Dafür hamse den Rundfunk doch erfunden, datte live dran teilnehmen kanns. Glaubse, wenn ich Konserve will, dann geh ich im Supermarkt!

Die Welt stand den beiden offen

Ulli war grad mit die Schule vorbei
Lernte ne Perle kennen mit Arschgeweih
Er sachte, Perle, dein Geweih macht mich high
Er war wie besoffen

Er sachte, Perle, komm, wir gehn nach Berlin!
Denn nach Berlin ziehn im Moment alle hin
Ich hab en Plan, der macht für uns beide Sinn
Wir werden Popstars!

Die Welt stand den beiden offen
Unter dem Himmelszelt
Und beide warn schwer am Hoffen
Dat ihr Verhältnis hält

Gesacht, getan, er kaufte sich ein Klavier
Und übte jahrelang bis morgens um vier
Und seine Perle sang dazu wie ein Tier
Ab jetz schien alles möglich

Sie gingen beide zum Musikproduzent
Der sachte, ihr habt wohl den Trend voll verpennt!
Mit son Geklimper macht man heut keinen Cent
Dat wart mit Karriere

Gez lebn se beide wieder in Essen-Kray
Ohne Klavier, aber mit Arschgeweih

Er fährt gez Taxi, doch wohl nur nebenbei
Denn meist isser besoffen

Die Welt steht gez nich mehr offen
Unter dem Himmelszelt
Und doch hamset gut getroffen
Weil ihr Verhältnis hält

Knebelstarschnitt 17/32

Herbert hilft … beim Energiesparen

Wie kann ich weniger Energie verbraten und trotzdem auf nix verzichten?

Liebe Ratsuchende,

bestimmt kennt ihr auch dat Problem, dat mit unsre Ressourcen unheimlich geaast wird. Zum Beispiel kommt et vor, dat in gesellige Runde am Abend mehrere Kästen Bier ohne schlechtes Gewissen vernichtet werden, obwohl doch unsre Kinder und die ihre Kinder auch en Anrecht haben auf Bier.

Hier mein Tipp:

So geht et nich weiter! Einfach ma auf kleinere Pullen umsteigen (wat weiß ich, 0,33), dann habt ihr auch mehr Pfandflaschen und kricht unterm Strich noch wat raus!

Rolf Sawitzky

Boh glaubse, wissen Se, wen ich die Tage wieder getroffen hab? Ich sach et ma jetz ausnahmsweise drekt freiraus, obwohl ich Sie ja sons immer gern en bissken aufe Folter spann mit meine Erzählung und Gedankengänge, bis ich zu den eigentlichen Thema von mir komm. Ja, dann formelier ich schomma ganz geschickt so Schachtelsätze, wo ich ers auf Hölzken komm und dann auf Stöcksken, und dann, wenn die meisten schon über mein Schmöker entschlafen sind, dann schlag ich zu. Dann geb ich den Name von den Thema bekannt, also in dem Fall gez, wen ich getroffen hab. Und zwar den Rolf Sawitzky.

Ich hol ma en bissken weiter aus. Bei dem Rolf war dat so, der war schon immer, ich sach ma, son Sonderling, son Außenseiter. Dat war der Einzigste, der bei uns inne Straße Abitur hatte. Wie et dazu kommen konnte, man weiß et heute nich mehr.

Er hatte sich dann auch bei de Universität emmatrickuliert für Germanistik und Deutsch für Lehrer. Und dann hatte er sich aber unabhängig von den Ganzen in die Bärbel verliebt, die auch bei uns inne Straße gewohnt hatte. Und als die beiden ma zusammen aufe Kirmes waren, da is für ihn inne Schiffschaukel ne Welt zusammengebrochen. Da hat se sich von ihm getrennt. Sie sachte, sie würd et mit ihm nich mehr aushalten, weil, er wär zu schlau. Sie hätte in seine Gegenwart immer dat Gefühl, sie wär doof. Ich mein, man muss dazu sagen, die Bärbel war aber auch doof! Na ja, aber Gegensätze ziehen sich an, zumindest ne Zeitlang. Bisse sich abstoßen.

Tja, und dann hat er vor Ort dat Schild gesehn: «Junger Mann zum Mitreisen gesucht!» Und dann hat er sich beworben als Schiffschaukelbremser, um sein Seelenschmerz zu überwinden. Da ham die den natürlich mit Kusshand genommen. Is klar, mit Abitur! Und dat hat der jahrelang gemacht.

Einma im Jahr hab ich ihn immer besucht, wenn er mit seine Schaukel anne Gruga war. Da hab ich mich immer von ihm bremsen lassen. Tja, und eines Jahres war der auf einma nich mehr da. Da bremste mich jemand anders, und zwar war dat ne Frau. Da hab ich die Bremse gefragt, wo denn der Rolf Sawitzky wär. Da sachte sie, aah, unser Abiturient! Der is eines Tages spurlos verschwunden.

Und dann hatten wir fast jahrzehntelang von dem Rolf nix mehr gehört. Und wat soll ich Sie sagen, die Tage steht er bei mir vor de Tür, hält mir sein Studentenausweis unter de Nase und sacht, er wär gez über die Bärbel drüber weg. Er würd gez wieder mit Studieren anfangen und ob ich nich mitkommen wollte als ihm seine moralische Unterstützung.

Tja, da bin ich mitgegangen, weil, dat hatte mich schon immer interessiert, wat die da den ganzen Tach anne Uni treiben. Ja, da ham wir da mit unsern Erscheinen die ganzen Studenten unruhig gemacht, weil die anfangs gedacht haben, ich wär der Professor. Dat konnt ich aber relativ schnell mit wenige Sätze aufklären.

Und dann ham mich tatsächlich en paar von die Studenten als den Herbert Knebel erkannt, und die sachten, die hätten im letzten Schuljahr sogar en paar Bücher von mir durchgenommen mit dem Thema «Sprache als kultureller Bankrott».

Ich sach, sisse, Rolf, man kann et auch ohne Abi bis nache Uni schaffen!

Gebiss

Boh glaubse, der Bodo Gerstenberger, der hat gez endlich seine Prothese! Aber … nich für Gliedmaßen, sondern für Zähne. Dat war vielleicht en Akt, dat sach ich Sie! Wir ham dat im Bekanntenkreis ja jahrelang beobachtet und begleitet. Dat wurd aber auch höchste Zeit für dem seine Dritten, weil, dem seine Zweiten, die sahen aus wie ne Trümmerlandschaft aus en Katastrophenfilm.

Jetz muss man sagen, dat der Bodo aber auch alles dafür getan hat, den Karies und den Baktus Einlass zu gewähren, um sich an den seine Beißer zu vergnügen. Immer nur Klümpkes, dann schon ganz früh mitte Raucherei angefangen und die ersten Zahnschmerzen mit Zuckerrohrschnaps betäubt, wat ja dann während die Betäubung zu ein weiteren Substanzverlust geführt hat.

Dann wurd Zahnpflege bei die ganzen Gerstenbergers immer ganz klein geschrieben, und Zahnarztbesuch war au nich, weil, der Bodo hatte als Kind ma den Film «Der Marathon-Mann» gekuckt, wissen Se, wo der Laurenz Oliverje da son Nazizahnarzt gespielt hat und den Dustin Hoffmann mitte Bohrmaschine die Kauleiste ruiniert hat, um ein Geständnis aus den rauszukriegen. Ich hab den an für sich immer gern gekuckt, den Film, aber bei den Bodo muss dat en nachhaltigen Schock hinterlassen haben, so dat der nie zum Zahnarzt gegangen is.

Ja, aber irgendwann war dat für uns Bekannte nich mehr mit anzukucken und au nich zu riechen. Dat müffelte schon son bissken, wie wenn einer verfault. Und der Bodo hatte auch keine

Zahnschmerzen mehr, der hatte Ruinenschmerzen. Dat sah bei den aus, als wenn da nur noch Backofenreiniger oder ne Abrissbirne helfen tät.

Ja, aber irgendwann ham wir ihn wohl überzeugt. Ausschlachgebend war vermutlich, dat wir ihm noch ein späteren Film mit Dustin Hoffmann gezeigt haben, wo man sehen konnte, dat et den Dustin wieder gutgeht: Kramer gegen Kramer. Und dann ham wir den Bodo beim Zahnarzt abgeliefert mit ein Schild ummen Hals, wo draufstand «Alles muss raus!». Und der Zahnarzt sachte dann nur: In der Tat! Und dann hat der ne Ziehung vorgenommen, aber nich 6 aus 49, sondern alle.

Nach die Ziehung ham wir den Bodo ers gar nich wiedererkannt. Der sah aus wie son Luftballon, den se die Luft rausgelassen ham. Der hatte nämlich Schwierigkeiten mit sein Profisorium, also, dat im Mund zu nehmen, weil, der war dat ja gar nich mehr gewohnt, mit volle Besetzung zu agieren. Anfangs war der total verzweifelt, weil der nur noch Weichteile zu sich nehmen konnte. Und dat Härteste war, dat der inne Kneipe Pils ause Schnabeltasse trinken musste. Und wat war der Bodo immer fürn Stiefelsäufer gewesen!

Na ja, mittlerweile hat sein Körper die Prothese angenommen. Und jetz, wo er die Dritten drin hat, da is der wie verändert. Wie ausgewechselt! Der is immer am Grinsen. Hat en unheimlichen Biss. En richtigen Schnapper is dat geworden. Und er hat auf einma auch Schlach bei Frauen. Die schwärmen alle von den seine Küsse. Die sagen, dat wär en richtigen Sauger! Vor allem, wenn der die Dritten gar nich drin hat.

Na ja, Frauen, dat is auch en Kosmos!

Kreuzworträtsel

- Ehemal. Spieler vom FC St. Pauli
- Sadomaso-Accessoire
- Nebel mit K davor
- Nachname von Herbert
- Ruhrkomiker
- Mann von Guste
- Lebenk rückwärts
- Männliche Ulknudel
- Knebel auf Schwäbisch
- Küstennebel ohne üsten
- Hilfsmittel bei Entführung
- Chef vom Affentheater
- Ruhrgebietsoriginal
- Knebel rückwärts u. vorwärts
- Wort mit 6 Buchstaben
- Gast bei Mitternachtsspitzen
- Abk. von Knebel
- Eine Hälfte von Badesalz
- Bekannter Frührentner

Knebelstarschnitt 18/32

Altersgerechte Kleidung

Boh glaubse, ich bin ja en Beobachter. Ich kuck mir alles genau an. Und die Tage hab ich mir en Rockkonzert angekuckt. Ja nu, Rock, Folk, Pop, Klassik, Reggae, Skat ... Für mich gibt et keine Grenzen.

Dat war son richtig großet Konzert vonne ganz namhafte Gruppe, und zwar ... von ... na ... Ich komm da gez nich drauf. Ja samma, dat gibbet doch nich!

Egal, jetz is diese Gruppe ... mein Gott, dat ich da nich draufkomm! Jetz is die schon seit Jahrzehnte im Geschäft. Und dat Publikum, mit dem se dat Geschäft gemacht hat, is auch schon seit Jahrzehnte dabei. Also, die sind praktisch zusammen alt geworden. Könnte man denken.

Gez is dat aber so, dat viele offensichtlich en Problem damit haben, alt zu werden. Entweder die brezeln sich so auf, kleistern sich zu und zwängen sich in so Jugendlichen-Anziehsachen rein, weiße, von HM und wie se alle heißen, und du denks von hinten oder auch noch vonne Seite, kuck, da is ja auch junges Volk dabei, und dann drehen die sich um, und du denks, da hat einer ne ägyptische Grabkammer geöffnet! Also, dat hat schon wat Bizarres!

Ja, und die andere Fraktion is die, die gar nich gemerkt hat, dat die Zeit vergangen is. Die laufen immer noch so rum wie bei Woodstock. Immer noch lange Haare, aber maximal noch die Hälfte vonne ursprüngliche Menge, und in sonne Jeans reingezwängt, wie se se damals schon anhatten, nur, dat se damals nich sonne riesen Wampe vor sich herschleppen mussten. Und

über die Wampe hamse dann spack ein T-Shirt gezogen, mit den Namen von die Band drauf. Boh, dat macht mich ganz hibbelig, dat mir der Name von die Gruppe gez nich einfällt, wo ich selber gewesen bin!

Jedenfalls, ich glaub, ich war der einzigste Besucher, der des Anlass entsprechend angezogen war. Ich mein, ich bitt Sie, man muss doch akzeptieren, dat der Zahn vonne Zeit an ein nagen tut und dat man diesen Zahn auch nich entfliehen kann. Und dat man sich ause Modewelt von bestimmte Trends verabschieden muss. Ich mein, wenn man en Bauch hat, dann kann man nich bauchfrei tragen. Dat geht schon rein logisch nich. Und wenn man Beine hat wie en Elefant, dann kann man keine Röhrenjeans tragen.

Ich mein, sicher, man muss jetz nich so rumlaufen wie ne klassische Omma. Aber man muss auch aufpassen, dat man sich nich zum Affen macht. Jedes Ding hat seine Zeit. Ich bin doch früher als Kind auch nich wie en Oppa rumgelaufen. Da muss ich doch jetz als Oppa auch nich wie en jungen Hüpfer rumhüpfen, wie die da von die Band, wo ich war. Boh, dat ich auf den Name nich komm, dat is doch nich wahr!

Die hatten ganz viele bekannte Lieder. Auch dies mit diesen Mädchenname. Wie hieß die noch? Rosi? Helga? Ach, jetz weiß ich et! Angie! Dat Lied über die Merkel. Ob die ma wat mitenander gehabt haben, der Mick Jagger und die Merkel? Der war ja bekannt dafür, dat der praktisch mit alle wat gehabt hat.

Ach! Jetz weiß ich et wieder! Rollings Stones! Da war ich gewesen!

Gartenteich

Boh glaubse, ich sach Sie, ich hab en Sommer hinter mir! Ich bin total im Teich! Unser Nachbar, der Emil Teichmüller, der hat sein Name alle Ehre gemacht. Aber nich wegen den Müller in sein Name, sondern wegen den Teich. Und zwar is der auf den Trichter gekommen, sich ein anzulegen. Bei ihm im Garten, also direkt neben unsern Gemeinschaftsgarten vom Haus.

Ich dachte ers, da hab ich nix dagegen. Da bringt der unsre Siedlung vonne Wohnqualität und vonne Naherholung ganz weit nach vorne. Der wollte sich nämlich nich nur son kleinen Teich anlegen, wat weiß ich, so mit Welse drin, dat die sich dadrin rumwälzen, sondern son richtigen Naturschwimmteich für Erwachsene.

Und ich sah mich schon am Teich liegen, die Guste kommt im Bikini – oder näh, besser doch lieber im einteiligen Badeanzug – und bringt mir en exotischen Cocktail, en Whisky Cola oder Pils-Schuss. Wat die so trinken inne Karibik. Und ich mach mich über beides her.

Ja, dann kam irgendwann sonne Firma vorbei mit diverse Gerätschaften. Ausschachtung, Plane rein, anne Seite en paar Lavasteine und Gestrüpp, damit dat Auge auch wat hat. Dann hamse Badewasser reinlaufen lassen. Fettich war die Lauge! Tach später war Richtfest. Und ich muss sagen, der Teich war richtig schnuckelig geworden. Wir ham drekt alle unsern Urlaub gekenzelt.

Aber dann kam der Mai, und mit ihm kamen Geräusche. Inne

erste Nacht, als ich von den Geräusch wach wurde, dacht ich noch, mit mein Frau stimmt wat nich. Aber die lag da wie tot. Also kein Grund zur Sorge. Inne zweite Nacht dacht ich, da wird einer abgemurkst. Da hab ich mir dann auch ersma nix Schlimmet bei gedacht. Inne dritte Nacht dacht ich, hömma, sind die denn immer noch am Abmurksen?! Und dann hab ich versucht, dat Geräusch zu lokallesieren, weil, langsam ging mir dat aum Zünder. Ja, und dann kricht ich raus, dat dat Gemurkse ausm Teich kam.

Am nächsten Tach hab ich den Emil drauf angesprochen. Da sacht der, dat is en läufigen Frosch. Der sucht eine zum Laichen. Und dat würd auch nich lange dauern, bis er mit sein Gebalze ne Fröschin angelockt hätte und die ein klarmachen könnten, und dann wär Ruhe im Karton.

Da hab ich mich ersma beschwichtigen lassen. Da hatt ich Verständnis für. Ich mein, wenn einer weiß, wie dat is, unter Strom zu stehen, dann isset … ein Mann. Meine Geduld wurde dann aber im Sommer auf ne ganz harte Probe gestellt, weil, dat Fröschken hatte wohl kein Schlach bei de Froschdamen. Auf den biss keine an. Vielleicht sah der nich gut genug aus oder … Mundgeruch. Paradontose. Und die Stimme von den war gez auch nich besonders einladend. Ich weiß et nich.

Auf jeden Fall, ich litt schon wochenlang unter Schlafentzug, und dat geht ja bekanntlich anne Substanz. Und eine Nacht bin ich durchgedreht und hab gedacht, gez is Schluss mit die Laicherei! Jetz mach ich aus den ne Leiche! Und da bin ich mim Klappspaten bewaffnet rüber zu den Teich. Und wat soll ich Sie sagen? Ich war nich alleine. Alle andern Nachbarn drehten auch grade durch und wollten den Frosch ant Leder.

Da standen se da mit Kescher, einer hatte sogar ne Harpune

dabei. Ich sach, Fritz, jetz mach ma aus ner Mücke kein Elefanten! Man muss doch nich mit Kanonen auf Spatzen schießen! Ich sach, den holen wir mim Kescher raus, den Kollege. Dann ham wir mit Taschenlampen dat Ufer abgesucht. Aber der Froschmann war wohl untergetaucht und machte kein Mucks mehr. Der wusste wohl, dat ne Treibjagd im Gange war. Da ham wir kurzerhand den Stöpsel gezogen und dat Badewasser ablaufen lassen. Ja, und am Grund saß er dann. Ganz grün im Gesicht. Ich muss sagen, den hätt ich auch nich attraktiv gefunden.

Da ham wirn gekescht, in Karton gepackt, paar Löcher reingemacht und draufgeschrieben: An Nikolaus Sarkozy, Paris. Und dann ham wir den mit ein «Bong Vojage» nach Frankreich zu de Franzosen geschickt. Die wissen, wie man mit Frösche umgeht.

Bong Apptit!

Knebelstarschnitt 19/32

Stau

Boh glaubse, wissen Se, wat mir total aum Zünder geht? Wat mich richtig aggressiv macht? Dat sind von die andern die Autos! Also, jetz in ihrer Masse als Stau. Ich hab dat Gefühl, dat wird immer schlimmer mim Verkehr. Dat muss doch eigentlich weniger werden. Seit Jahren erzählen se uns doch, die Neuzulassungen würden dramatisch abnehmen, die Autoindustrie kaut angeblich aufe Felgen, und dann kommt ja noch hinzu, dat die Babys auch abnehmen, also, dat et da auch weniger Neuzulassungen gibt. Und dat ja schon seit vielen, vielen Jahren. Also, da is der Verkehr praktisch zum Erliegen gekommen. Aber im Straßenverkehr, oh lala! Da is doch ständig Stoßverkehr. Dat is doch en Widerspruch. Dat müsste doch eigentlich weniger werden. Glaubse, dat macht mich rasend. Nur nich aufe Autobahn.

Fahren Se ma heute um 11 Uhr nachts auf eine beliebige deutsche Autobahn. Nehmen wir ma A3. Inne fuffziger Jahre hättse da doch 200 fahren können, wenn dat der Volkswagen mit seine 34 Pferdestärken hergegeben hätte. Da hättse doch drei Spuren für dich allein gehabt. Obwohl, war die A3 damals schon dreispurig? Dat wär ja Wahnsinn gewesen für die drei Autos, die damals vom Straßenverkehrsamt persönlich betreut wurden. Na ja, egal.

Ja, und heute? Da reihse dich ein in den praktisch stehenden Verkehr. Dat is doch quasi Schritttempo. Da kannse auch laufen. Na ja, aber jetz hat man son Kraftfahrzeug sich zugelegt, dat will ja auch bewegt werden. Da kann man nich immer nur an sich den-

ken. Dat is wie mim Hund. Mit dem geht man ja auch ab und an ma nach draußen.

Jetz ma ganz ehrlich, da kann man doch wirklich so Gewaltfantasien entwickeln. Manchma isset aufe Straßen so voll, da bricht doch alles in sich zusammen. Da wünscht man sich, der Halter vonne Planierraupe zu sein, da würd man se alle plattmachen.

Stattdessen hab ich die Tage wat ganz Verrücktes gemacht. Ich hatte nämlich gar nix zu tun. Wissen Se, wat ich da gemacht hab? Ich hab mich ins Auto gesetzt. Vorher schön Verkehrsmeldungen gehört, wo der dickste Stau is, und da bin ich reingefahren. Turbogeil!, wie der Schumi sagen würde. Ja, ich hatte mir en paar Bütterken mitgenommen, Thermoskanne mit Tee, also ... Jagertee, und en paar Kassetten. Ein son Discomix 74 und dann die schönsten Folgen von Benjamin Blümchen. Ich hab da damals, als die Enkeln den immer gehört haben, en richtigen Narren dran gefressen. Dat is aber auch en verrückten Vogel, der Elefant, da immer mit sein Törö. Da könnt ich mich nass machen. Hömma, dat war richtig gemütlich im Auto, richtig relaxt. Dat war mir scheißegal, ob die Ampel auf Rot, Grün oder die mittlere Farbe war, ich hab da schön mein Tee getrunken, Bütterken gegessen und mein Benjamin gehört. Und immer, wenn der mit sein Törö losgelegt hat, hab ich Fenster runtergekurbelt. Wat meinse, wie die andern gekuckt haben, die Bekloppten, die! Müssen Se au ma machen. Da sieht man die Welt mit andere Augen.

Sonnenstudio

Boh glaubse, die Tage hab ich ma wieder wat ausprobiert, wat ich schon lange ma vorgehabt hatte auszuprobieren, aber noch nich zu gekommen war in all die Jahre. Und zwar war ich in sonnen Sonnenstudio. Et war ja so heiß gewesen, und da dachte ich, gez setzte noch ein drauf, Herbert! Jetz legse dich ma im son Grill!

Ich muss sagen, an dem Tach hatte ich auch unheimlich schlechte Laune, und da fiel mir der Spruch ein, wo se vonne Sonnenstudios immer Werbung mit machen: Braune haben besser Laune. Obwohl ich mir eigentlich schon gedacht hatte, dat der Spruch nich stimmt. Ich mein, kucken Se sich ma so Nazis an. Wenn die gute Laune haben, dann möchte ich nich wissen, wie dat aussieht, wenn die schlechte Laune haben.

Trotzdem hab ich gedacht, ich probier dat ma aus. Die Nazis könn mich sowieso am Arsch lecken. Und dann bin ich da bei uns umme Ecke im Karibik-Sun-Studio gegangen. Die hatten auch gerade Angebotswoche, und zwar: für 5 Euros, so lange man will, aber maximal nur 20 Minuten.

Auf jeden Fall, ich da rein in den Schuppen, und da war drekt sonne Verkäuferin, die war total braun, also fast schwarz, möcht ich sagen. Ich sach, oh, Sie kriegen wohl Prozente hier! Da meinte sie, bei unsere Angebotspalette fällt et einem aber auch extrem schwer, nein zu sagen. Ich sach, apropro, wat gilt denn gez, 5 Euros, so lange man will oder maximal nur 20 Minuten? Da meinte sie, wie lange wolln Se denn? Ich sach, jaa … 15 Minuten? Da sachte sie, da komm wir im Geschäft und ob ich bei sie nur ma schnup-

pern wollte oder ob ich mich langfristig binden wollte. Ich sach, danke, ich bin leider schon verheiratet. Ja, sons hätte sie mir dat Happy-Sun-Sonderangebot aufgeschwatzt: 3 × bräunen, aber nur 3 × zahlen, so lange man will, aber nur maximal 20 Minuten.

Ich sach, nee, lassen Se ma, ich will nur schnuppern. Ja, und dann hat se mich in sonne Kabine begleitet und mir die Apparatur kurz erklärt. Hömma, die Pritsche sah aus wie aus son Sinsefiction-Film, wo die Kotzmonauten sich immer drauf ablegen für zum Tiefschlafen. Weiße, wo die so mehrere 100 Jahre unterwegs sind nach son Planeten. Wat willse da auch sons machen? Du kanns ja nich die ganze Zeit Fernseh kucken. Der Empfang wird ja auch immer schlechter, je weiter du vonne Erde wegkomms. WDR II krisse ja schon in Bayern nich mehr. Ja, und Kabelfernseh kannse in sonne Rakete völlig vergessen.

Jedenfalls, ich lag da kaum auf den Apparillo drauf und hab den Deckel runtergezogen, da war ich auch schon weggeknackt. Und dann hab ich drekt von so fremde Galaktiken geträumt. Und in den Traum merk ich, wie mich son braunen Alien am Ärmel packt und sacht, sind Sie bekloppt?! Warum sind Sie denn nich nackt?! Ja, da war der Alien die Verkäuferin, und jetz wusste ich auch, woran die mich erinnert hatte, als ich bei die reinkam: an den E.T.! Der hatte ja auch sonne braune Runzelaktentaschenhaut.

Ja, ahnungslos, wie ich war, hatte ich mich da mit volle Montur hingelegt. Sie hatte dat aber auch nich gut erklärt, weil, ich dachte, die Strahlen gehen durch. Ich sah vielleicht aus! Ich war nur anne Flossen und im Gesicht braun, aber nur da, wo der Schatten von meine Kappe nich hingekommen is.

Jetz muss ich die Tage da nochma hin. Dann geh ich aber

nackend. Ich muss ja gez die ganzen andern Teile von mir nachbräunen lassen. Hätt ich ma dat Happy-Sun-Angebot genommen: 3 × bräunen, 3 × zahlen. Ich könnt mich schwarz ärgern! Von wegen, Braune haben besser Laune!

Knebelstarschnitt 20/32

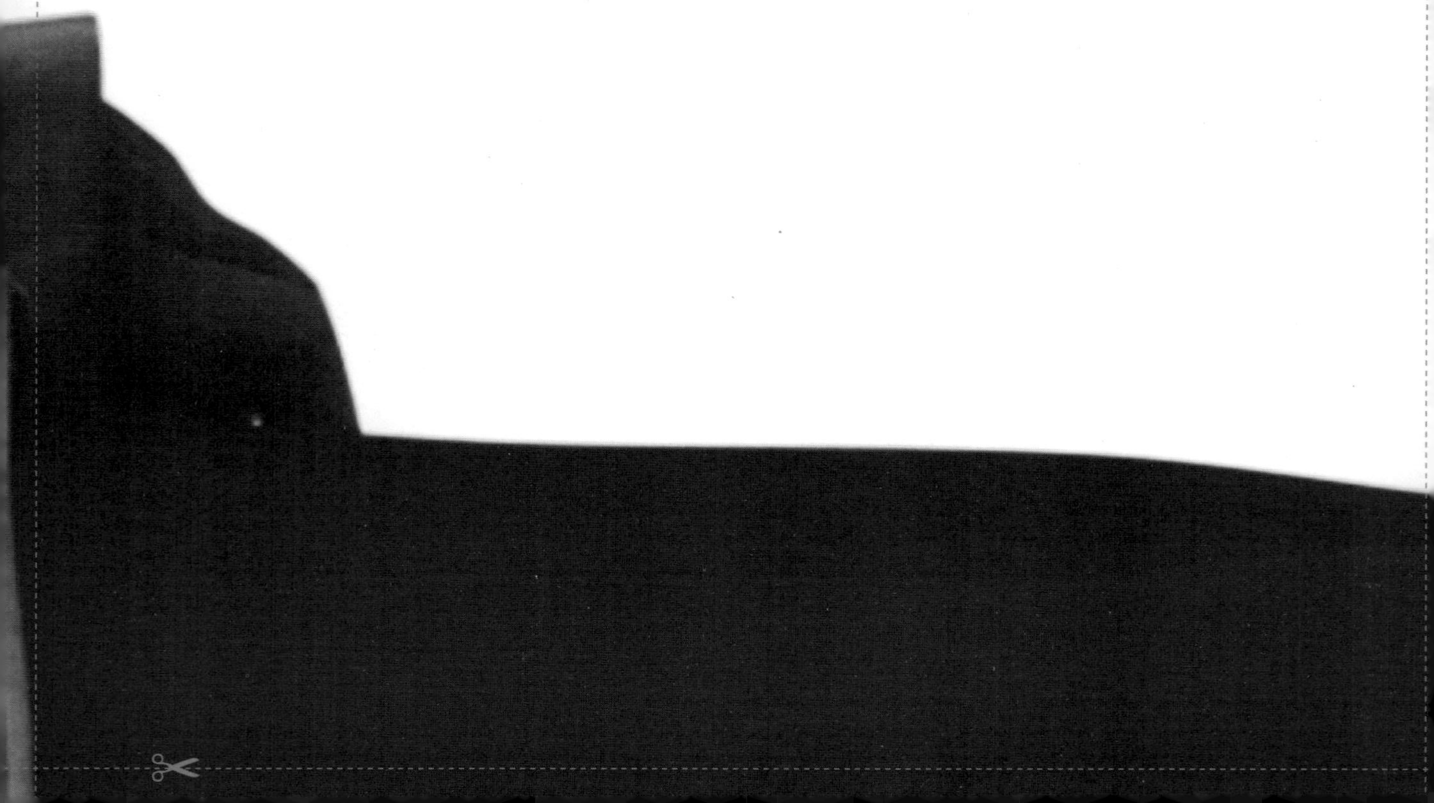

Jukebox

Boh glaubse, Sonntagnachmittag leg ich mich so aufe Couch, um ne Runde zu pennen, und als Einschlafhilfe mach ich ja immer den Fernseher an. Dat is ja en todsicheres Mittel. Dat is besser als ne Schlaftablette. So dezente Lautstärke, erstes oder zweites Programm. Dat tut keinem weh. Die sind ja grade am Sonntagnachmittag auf Senioren und Senioritas programmiert.

Ja, ich hab schon so die Augendeckel zu, auf einma hör ich: One, two, three clock, four clock, rock … Ers dacht ich, oh, hat der Bill Heuli schon wieder en Hit?! Aber dann fiel mir ein, dat der schon lange tot war. Und als ich dann aber aum Fernseher kuckte, sah ich, dat dat gar nich der Bill Heuli war, sondern der Conny Froboess mit Petra Kraus. Und die sangen auch gar nich, sondern die tanzten, und zwar zu eine Musik, die aus eine Juckbox kam.

Ja, dann war dat son typischen 50er-Jahre-Film, mit Rocken Roll, Eisdiele, Schmalztolle, Pettingcoat und son Nierensteintisch. Und eben die Juckbox. Jetz geh ich ma davon aus, dat die Jüngeren unter Sie gar nich mehr wissen, wat ne Juckbox is, weil, die is ja regelrecht ausgestorben. Aber im Prinzip is dat der Vorläufer von dem MP3-Spieler. Nur, dat der gez en festen Standort hatte, so wie in dem Film, meistens inne Eisdiele oder inne Gaststätte. Und der war für alle Mann.

Dat war sonne Kiste mit vielleicht 100 Single-Schallplatten drin. Da hattesse 200 Lieder zur Auswahl wegen A- und B-Seite. Dat gibt et heute ja gar nich mehr auf CD. Ja, dann hasse da Geld reingeschmissen, 20 Pfennig, und dann hasse ne Nummer gedrückt,

zum Beispiel H7. Und dann kam son Greifarm, schnappte sich die Single, knallte die aum Plattenteller, und schon kam der Tonarm umme Ecke und bohrte sich in die Rille vonne Single. Und schon ging et los inne Eisdiele. Dann kam vonne Beatles «Komm gib mir deine Hand». Auf Deutsch! Hömma, dat war ein Händeschütteln ohne Ende.

Ja, und oft hatte dat Lied, wat gedrückt wurde, zu den Drücker oder seine Angebetete irgendswie ne persönliche Beziehung. Zum Beispiel der Traugott Lodenkämper, der hatte immer unheimliche Probleme mitte Weiblichkeit gehabt. Der hat immer gedrückt «I can't get no satisfaction» vonne Rolling Stones. Und ich hab immer «Let's spend the night together» gedrückt. Ja, da hatt ich den Traugott ersma anne Schlappen.

Oder die Helga Brüggemann, die hat immer auf A1 draufgedrückt: Daliah Lavi mit «Ooooh, wann komms du?». Ich hab dann zu sie rübergewunken und gerufen, Helga, ich komm sofort! Und dann hab ich von Ricky Shayne gedrückt «Ich sprenge alle Ketten».

Ja, dat war sonne richtige Kontakt- und Kommunikationsbörse, wo man dat Wichtigste voneinander erfahren hat, nämlich wer auf wen grade scharf war.

Tja, und heute? Da sitzt da jeder isoliert mitte Stöpsel inne Ohren und würd überhaupt nich mitkriegen, wenn einer scharf wär. Aber da hasse et wieder: Oft is Fortschritt nämlich auch Rückschritt!

Herberts Lürick-Ecke 4

Schwein gehabt!
Ein Nachtgedicht

Heut Nacht konnt ich nich schlafen
Und zwar von eins bis vier
Ich versuchte et mit Schafen
Und zählte wie ein Tier
Fast hätt ich mir en Wolf gezählt
Doch vorher schlief ich ein
So hat der Wolf kein Schaf gequält
Ihr Schäfchen hattet Schwein

Knebelstarschnitt 21/32

Zelten

Boh glaubse, die Tage war ich zelten! Abenteuer pur, ich sach et Sie! Die Kollegen, hier der Kurt Harras, der Helmut Borsig und die Sigi Scziwalski ... ja, früher war dat ma der Sigi Scziwalski. Dat war ja en jahrelangen Kegelkollege von den Helmut gewesen, und dann hatte der sich aber zu ne Frau umbauen lassen. Und ich mein, warum sollten wir ihn gez ausschließen, nur wegen sein Geschlecht. Wenn man sich so lange kennt und gut versteht, da spielt dat Geschlecht doch irgendwann gar keine Rolle mehr.

Jedenfalls, die drei hatten mich schon seit längere Zeit bekniet wegen Camping. Aber nich mit son luxuriösen Karawahn, sondern richtig inne Natur mit kleine Zelte, Luftmatratze und Gaskocher. Ja, der Helmut kannte son kleinen, verborgenen Platz an son Bach inne Eifel. Der war aber wirklich sehr verborgen! Wenn wir nich irgendwann die Suche abgebrochen hätten, dann hätten wir den wahrscheinlich nie gefunden.

Als wir dann endlich da waren, ham wir schön zwei Zweimannzelte aufgebaut, und dann ham wir uns dat ersma gemütlich gemacht. Paar Fläschchen Bier geköpft, angestoßen, ausgetrunken, ex! Dann wurd auch schon Zeit für Abendessen. Der Helmut kannte son gutes Rezept für Biersuppe. Dazu noch en paar Schnittchen mit Bierwurst, Bierschinken, und ich mein, die Sigi hätt sogar en Bierkäse mitgehabt. Ach nee, Brie war dat gewesen. Hört sich aber ähnlich an.

Gegen 12 Uhr waren wir alle drietendick und todmüde und wollten im Zelt. Da sachte die Sigi, Männer, damit dat klar is,

ich geh im Einzelzelt! Nich, dat mir einer von euch im besoffenen Kopp anne Wäsche will! Da waren wir son bissken irritiert, weil wir die Sigi irgenswie immer noch als den Sigi angesehn hatten. Aber gez, wo sie et sachte, leuchtete sie uns auch als Frau ein.

Wat blieb uns Gentlemänner übrig, als zu dritt im Zweimannzelt. Boh, Kerl, wat war dat eng! Schon ohne die Luftmatratzen. Aber der Boden war so steinig, weiße, praktisch so kleine Rocki Mauntens, da war son Luftpolster extrem vonnöten.

Jetz mussten wir sternhagelvoll die Matratzen aufblasen. Der Helmut und ich am Blasen wie bekloppt, die Sigi schon nebenan am Schnarchen wie son Kerl, und der Kurt saß daneben, also … neben uns, und kuckte uns beim Blasen zu. Ich sach, Kurt, wollse nich auma aktiv werden? Da sachte er doch tatsächlich, er, als Polizist, wär et gewohnt, blasen zu lassen.

Ich sach, Kurt, du bis aber doch nich in deine Funktion als Bulle hier im Zelt! Da zieht der seine Waffe und grölt in sein besoffenen Kopp, ein deutscher Polizist is immer im Dienst! Und schießt im Affekt in die halb aufgeblasene Matratze! Ich sach, Kurt, die nimms du aber gez! Dat hasse davon!

In dem Moment kommt die Sigi völlig verängstigt im Zelt und sacht, sie hätt en Schuss gehört! Legt sich auf die ganze Matratze und pennt sofort auf die ein. Da mussten wir drei die Nacht auf die angeschossene Matratze verbringen. Ja, wir wollten ja nich einfach so in dat Frauenzelt eindringen. Ich sach, Kurt, du bis vielleicht en Blödmann, da mit deine Ballerei! Da sacht er, so kurz vorm Wegratzen, halt die Klappe, sons muss ich dich verhaften! Ich sach, Kurt, wenn ich dir dat morgen erzähl, wenn du wieder nüchtern bis, dann verhaftes du dich selbs!

So kam et dann auch. Am nächsten Morgen hat er sich selber in Handschellen abgeführt. Und is dann zur Strafe auch noch den ganzen Weg nach Hause gefahren.

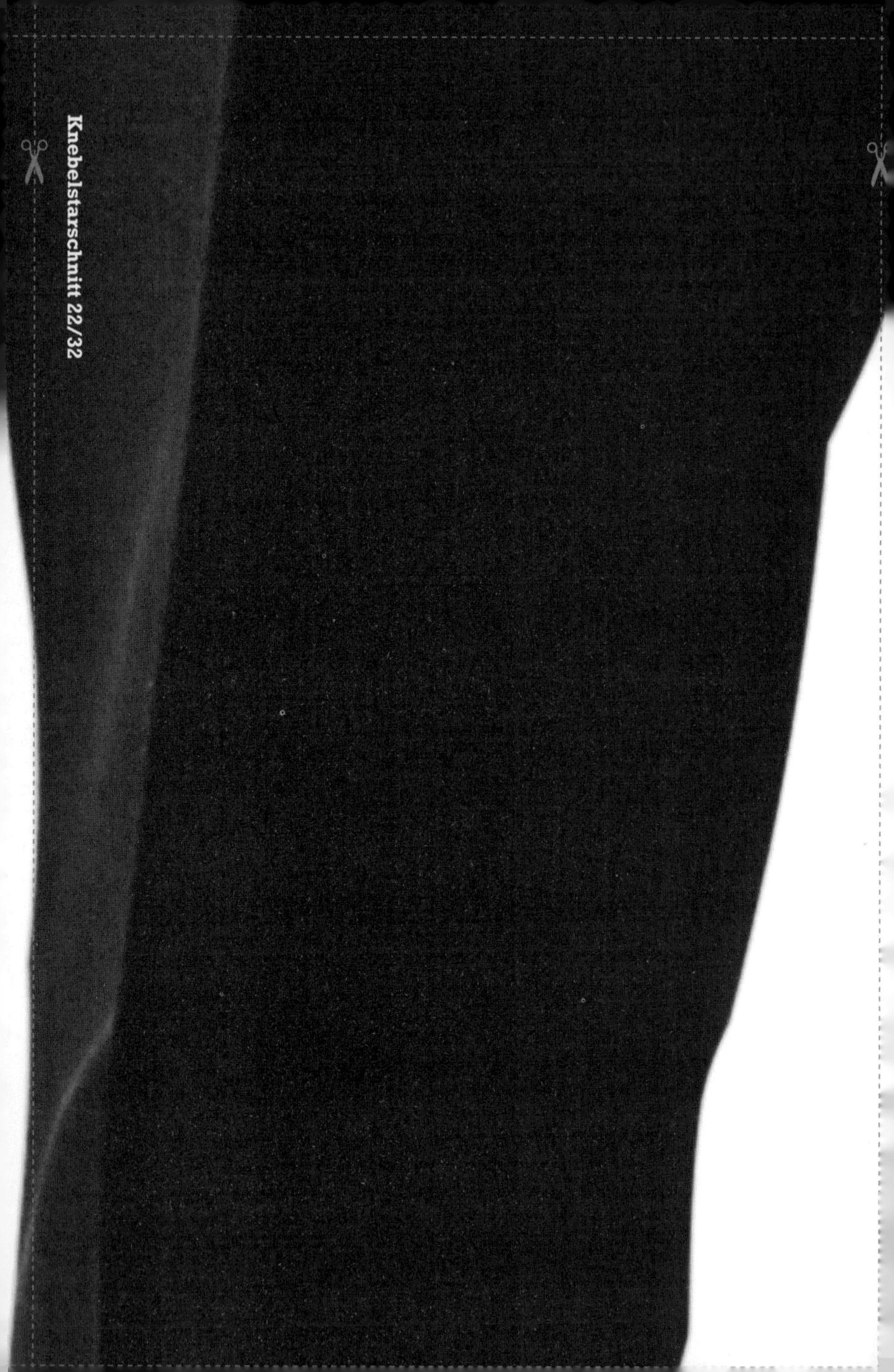
Knebelstarschnitt 22/32

Kleintiersterben

Boh glaubse, ich sach Sie, bei uns im Haus, da is seit geräumige Zeit ne regelrechte Trauerwelle ausgebrochen! Bei uns sterben se wie die Fliegen! Aber gez nich wegen Vergreisung von ältere Menschen, sondern wegen Überzüchtung, und zwar vonne Tiere!

Ich hatte Sie ja ma, ich weiß nich, wie lange dat her is, von den kleinen dicken Dieter vonne Kotnick-Familie berichtet, wie der en Hamsterkauf getätigt hatte in Form von ein Hamster, den Goldie. Ja, und der Goldie hatte irgendwann Probleme gekricht. Der hatte nich mehr richtig gefressen. Und da hat der Dieter alles Mögliche versucht, um den wieder am Spachteln zu kriegen, aber der Goldie hat sich konsequent der Nahrung verweigert. Der biss auf nix an. Und da hat der Dieter den Tipp gekricht, dat dat wahrscheinlich an den seine Einsamkeit liegt, also, dat der den Dieter nich als adäquaten Hamsterpartner akzeptieren würde. Der bräuchte ein, der mit ihm auch ma im Laufrad ne Runde dreht und der nachtaktiv is.

Ja, da hat der Dieter sich zu ein weiteren Hamsterkauf entschlossen, und zwar direkt zwei, weil er gedacht hat, zu dritt is bei die mehr los. Dat is ja bei uns Menschen auch so. Ich mein, versuch ma zu zweit ne Skatrunde zusammenzukriegen oder en Trio. Oder auch Fußball spielen, dat geht zu dritt auch besser. Einer geht im Tor, und zwei spielen gegen sich.

Ja, wat der Dieter aber bei den Kauf von die neuen Nager übersehen hatte, war, dat dat zwei Mädchen waren. Jetz war der Goldie aber nich mehr der Jüngste, und er war ja auch geschwächt, und

da waren die beiden Hamsterschicksen für ihm sein Sargnagel. Ja, morgens hat er den toten Goldie nackend neben sein Laufrad liegend gefunden! Der Dieter hat Rotz und Wasser geheult. Und dann hamse den Goldie in unsern Gemeinschaftsgarten begraben. Richtig mit Kreuz und alles!

Ja, jetz ham die Eltern dat gut gemeint und ham ihn als Trost ein Meerschwein geschenkt. Dat kam aber wiederum auf die Hamsterdamen nich zurecht. Und eines schönen Tages hat et sich auf die draufgesetzt und die erstickt! So hat dat jedenfalls die Polizei im Nachhinein rekonstruiert. Dat muss wohl son richtiges Kampfschwein gewesen sein! Ja, die Kotnicks wieder ab in Garten und die beiden Hamsterinnen neben den Goldie beigesetzt.

Und um den Dieter in seine Trauer zu beruhigen, ham die Eltern ihm en Kaninchen gekauft, weil se dachten, der Rammler könnte dem Kampfschwein Paroli bieten. Ja, da ham die sich aber verschätzt! Dat hat sich sogar auf dat Kaninchen gesetzt und versucht, dat zu ersticken! Tja, da blieb den Kotnicks nix anderes übrig, als den einzuschläfern, aber nich mit Kuschelrock, sondern mit Chemie. Schon waren se wieder im Garten bei de nächste Beerdigung, en bissken versetzt von die anderen, weil, dat Schwein war ja belastet.

Ja, jetz hatten die dat eine Kaninchen, und dat ging auch ne Zeitlang gut mit den, bis dat auf einma so komische Verwachsungen krichte und anfing zu riechen. Und nach lange, ausgiebige Behandlungen sachte der Tierarzt dann, da könnte man nix mehr machen, dat Tier wär wahrscheinlich schon lange tot.

Ja, und als die Kotnicks dat kaputte Karnickel auch im Garten zu Grabe tragen wollten, da bin ich aber eingeschritten! Ich sach, hört ma zu, ihr Totengräber, jetz reicht et aber! Dat is doch nich hier der Friedhof der Kuscheltiere! Kuckt euch doch ma um, dat sieht doch hier aus wie aum Schlachtfeld von Verdöng! Ich sach, hier is ja bald kein Platz mehr, dat man sich im Sommer ma aum Rasen legen kann. Überall tote Tiere!

Ich sach, kauft euch doch ma wat Langlebiges und nich immer diese überzüchteten Viechers, die bei jedem Scheiß direkt kaputtgehen! Hier, ne Schildkröte! Die wird 200 Jahre alt! Die beerdigt euch noch! Aber nich bei uns im Garten, dat dat klar is!

Und mit die Schildkröte hatt ich mir aber en Eigentor geschossen. Bei uns im Garten sieht dat aus, als wenn die Römer angreifen! Überall Schildkrötenformationen! Ich glaub, ich kauf mir ne Panzerabwehrrakete!

Knebelstarschnitt 23/32

Hasenrücken

Boh glaubse, die Tage ham wir lecker gespachtelt! Boh, da krich ich direkt wieder Speichelfluss! Ah, dat war aber auch lecker! Tja, und zwar hatte der Chef persönlich gekocht, also ich, der Chefkoch! Ich wollt mein Frau ma richtig verwöhnen, als kleines Dankeschön für … wat weiß ich.

Und auf jeden Fall hab ich gedacht, also, für ein allein lohnt sich ja jetz auch nich, da machse drekt ne Familienveranstaltung draus. Und dann hab ich unsre Enkeln noch mit eingeladen, den Marzel und die Jackeline. Und zwar gab et Hasenrücken, von ein Hasen, den ich selbs … totgefahren hatte. Direkt hier bei uns im Kaiserpark. Und wie ich dat Häsken da so liegen sah, kam mir eine Vision in Form von ein Rezept: gespickter Hasenrücken an Lammkoteletts. Aber die hab ich dann bei uns beim Türken gekauft, beim Yilmaz Ü… ürgendwat. Lämmer gibt et ja im Kaiserpark auch gar nich.

Ja, und dann hab ich den richtig schön zurechtgemacht. Reifenspuren beseitigt und gewürzt. Und dann aber vorschriftsmäßig präsentiert, den ehemaligen Hoppler. Kartöffelchen dabei und Möhrchen. Dat passt ja zu Hase. Sah alles wunderbar aus!

Und wie ich den Hasen so geviertelt hatte, da sacht die Jackeline, nee, Oppa, lass ma, ich ess nur Kartoffeln und Möhren. Ich sach, wat?! Und da sachte sie, sie würd schon seit längere Zeit keine Tiere mehr essen. Ich sach, au nich, wenn die tot sind? Dat schon gar nich, sacht sie. Sie hätt sich entschlossen, dat wegen sie

keine Tiere mehr ins Gras beißen sollten, weder durch Aufessen noch durch andre Sachen, die man mit Tiere machen kann. Und et wär überall mehr Tier drin, als wie man meint. Zum Beispiel in Plätzchen!

Da war ich aber platt! Ich sach, seit wann gibbet denn Plätzchen mit Gehacktes?! Wo stehn die denn im Supermarkt? Bei Gebäck oder Wurst? Da sacht sie, näh, Oppa, da is doch Ei drin und Butter! Dat wären doch tierische Produkte. Und die wären auch in Kleidung!

Ich sach, ja, schomma beim Essen, wenn ich schlabber. Da wurd die richtig ärgerlich. Ich sollte gez ma keine doofen Witze machen, sondern überlegen, wat ich alles Tierisches an mir hätte. Ich sach, ja, da frag ma deine Omma! Die kann dir en paar Tiergeschichten von mir erzählen! Danach wills du aber drekt wieder Fleisch.

Und dann entbrannte ein regelrechten Disput, wo ich mich tierisch für Tiere eingesetzt hab, also für den Gebrauch von die. Ja, aber die ganze Überredungskunst nutzte gar nix. Im Gegenteil, die Jackeline hat so geschickt argumentiert, dat sich der Marzel und mein Frau au noch auf ihre Seite geschlagen haben und die servierten Tiere abgelehnt haben. Da stand ich dann mit mein Hasenrücken regelrecht anne Wand! Tja, und dann ham wir Trennkost gemacht. Sie die ganzen Beilagen und ich den Meister Lampe und dat Lamm. Boh, war dat lecker!

Inne Nacht bin ich dann aber wach geworden mit ein unheimlichen Völlegefühl und Rumoren im Wanst. Ich hatte dat Gefühl, der Unfallgegner bäumt sich ein letztes Ma auf. In Verbindung mit dem Lamm. Bei mir im Bauch war der George Orwell mit seine Ännimelfarm. Aufstand der Tiere!

Und dann kam ich doch int Grübeln und musste an dat ein oder andere Argument von meine Enkelin nochma denken. Vielleicht hat se ja doch recht!

Knebelstarschnitt 24/32

Tagebuch

Boh glaubse, die Tage bin ich an mein Bücherregal vorbeigegangen und dann da hängen geblieben. Mim Ärmel. Wat ne Scheiße! Dat musste alles genäht werden!

Jedenfalls, wie ich da so hing, fiel mein Blick auf die versammelte Weltliteratur, die ich so im Laufe vonne Jahre gesammelt hatte: Die Schatzinsel, Der Schatz im Silbersee, Zur Sache Schätzchen, Winnitou I, Winnitou II, Winnitou III, Lederstrumpf, Pipi im Takatuka-Land, Robinson Kruse.

Ja, und da hab ich nochma son bissken drin rumgestöbert in den Robinson, und da is mir aufgefallen, dat dat ja eigentlich strenggenommen en Tagebuch is, ja, wo zum Beispiel am Freitag von den Tagebuch der Freitag aufgetaucht is und am Samstag … weiß ich nich mehr. Und da hab ich gedacht, kuck an, watte alles erlebs, wenne Tagebuch führs!

Und weil ich die Sache so fatzinierend fand, hab ich mir dat drekt fürn nächsten Tach vorgenommen. Ich hab mir dann inne Papipeterie sonne dicke Kladde gekauft und die direkt am Bett deppeniert. Ja, wer weiß, wann man anfängt, wat zu erleben?! Und ich war so aufgeregt und unruhig wegen die Idee, dat ich tatsächlich schon um 3 Uhr nachts wach geworden bin, um mein ersten Tagebucheintrag zu tätigen.

Mein Tagebuch

VON HERBERT KNEBEL

3 Uhr 11: Bin grad aufgewacht und ganz unruhig wegen mein ersten Tagebucheintrag! Irgendwer schnarcht. Es is aber nich ich.

3 Uhr 13: Habe herausgefunden, dass dat Schnarchen aus mein Frau kommt. Triumphiere! Immer hatte sie mir dat inne Schuhe geschoben! Morgen Nacht Tonband mitbringen zwecks Beweisaufnahme!

3 Uhr 20: Alles totenstill. Außer mein Frau!

3 Uhr 42: Ein Vogel singt. Aber man hört ihn kaum. Wie kann man nur so laut schnarchen?! Morgen Dezibelmessgerät mitbringen zwecks Beweisaufnahme!

4 Uhr 10: Das Schnarchen klingt jetz leicht gedämmt, wie durch ein Kissen. Es is meins. Höre den Vogel jetz etwas deutlicher, wat sich aber nich als Vorteil entpuppt.

4 Uhr 28: Kann ohne Kissen nich gut liegen. Verspüre außerdem zunehmend Harndrang. Gehe zum Klo.

4 Uhr 45: Et kommt nix! Blinder Alarm! Spüle meine Enttäuschung mit Asbach runter. Schmeckt uralt.

4 Uhr 48: Lege mich leicht benommen und mit Fahne wieder hin. Mein Frau atmet immer schwerer unter

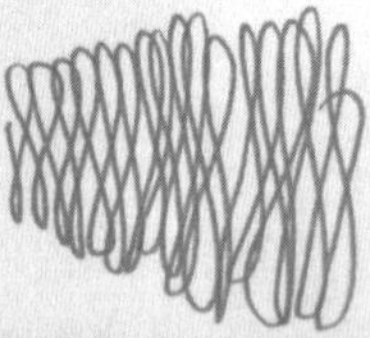

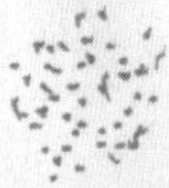

der Last von den dicken Kissen. Klammer auf:
Dat is aber auch dick! Klammer zu.

5 Uhr 18: Scheine wirklich für ein paar Minuten eingeschlafen zu sein! Auch ohne Kissen. Tut Freund Asbach seine Wirkung? Höre mein Frau kaum noch.

5 Uhr 23: Alles totenstill! Selbs mein Frau! Habe ein Einsehen. Nehme das Kissen wieder an mich. Habe das Gefühl, Waldarbeiter mit Kettensägen stürmen das Schlafzimmer!

5 Uhr 25: Könnte töten!

5 Uhr 28: Liege mit Freund Asbach im Bett.

5 Uhr 55: Schnapszahl!

6 Uhr 4: Bin eingeschlafen!

15 Uhr 30: Bin grad aufgewacht. Kopp wie en Rathaus!

Letzter Eintrag: Nehme Abstand von dem Gedanken, Tagebuch zu führen. Sonne scheiß Nacht will ich nich nochma erleben!
Und ich glaub, mein Frau au nich.

Knebelstarschnitt 25/32

Herbert hilft ... bei kein Übergewicht

Wie kann ich verhindern, dat ich so dick werd wie Reiner Calmund oder Benjamin Blümchen?

Liebe Ratsuchende,

bestimmt kennt ihr auch dat Problem, dat man immer dicker wird, je mehr man isst, und je dicker man is, desto mehr muss man essen. Und man fragt sich, wie kann ich aus diesen kulinarischen Teufelskreis entrinnen?

Hier mein Tipp:

Einfach ma ne Mahlzeit weglassen! Jetz kommt der Clou: dat Frühstück! Dafür einfach länger pennen, dann isset nämlich nich mehr so lange bis zum Mittachessen, und man kann auch früher Kaffee trinken. Stücksken Kuchen kann auch nich schaden. Und abends aber richtig reinschaufeln, weil, ihr habt ne lange Nacht vor euch. Denkt dran!

Hausmittel

Boh glaubse, die Tage, da hatte et mich erwischt. Da hab ich flachgelegen. Aber so flach, wie ich schon lange nich mehr gelegen hatte. Flacher geht gar nich. Ich war son richtigen Flachmann! Kenn Se doch: dicken Kopp, Tempratur, Gliedschmerzen, Schweißausbrüche. Dat deutete alles auf en Erreger hin.

Da hab ich in meine Erregung drekt mein Hausarzt angerufen und ihn gebeten, doch ma vorbeizukommen und mich anzukucken. Wie ja der Beruf Hausarzt schon verspricht. Wissen Se, wat der da zu mir gesacht hat? – Sind Sie doof?! Ich komm doch nich zu Sie nach Hause! Nachher steck ich mich noch an. Wer weiß, wat Sie haben!

Ich sach, ich denk, Sie wissen dat. Da sacht er, ich mach doch bei Kassenpatienten keine Hausbesuche mehr. Dat kann ich doch praktisch nich mehr abrechnen. Und den Sprit bezahlt mir auch keiner. Und in der Zeit, wo ich bei Sie als Hausbesuch bin, stirbt mir womöglich en Privatpatient weg!

Wenn ich vorbeikäm, könnt er vielleicht wat für mich tun. Aber ich sollt viel Zeit mitbringen. Dat Wartezimmer wär rappelvoll mit Privatpatienten. Heute wär sein Glückstach. Besser wär, ich käm nich. Ich könnt mich ja zu Hause selber behandeln. Und en kleinen Tipp am Rande: Schlafen is die beste Medizin! Und dann hat der aufgelegt, der Quarksalber!

Ja, wat blieb mir übrig, als mich selbs zu heilen. Da hab ich ersma nach mein Frau gerufen. Ich sach, Schwester Guste, wat empfiehls du mir, um den Virrus in mir sein Herr zu werden? Da

meinte sie, leg dich ersma hin, und dann lüften wir dich durch, damit der Virrus auch rauskann, wenn wir dem gez zusetzen. Und dann bring ich dir en heißen Tee mit, mit Zitrone. Und heute Mittag mach ich dir ne richtig fette Hühnersuppe.

Die Guste war kaum inne Küche verschwunden, um unser Huhn zu verwursten, da ruft der Berni Kapellmann an. Kaum kricht er mit, dat ich krank bin, fängt er an, mir Tippse zu geben. Wadenwickel und Brustwickel mit Quark, da würd er total drauf stehen. Und wenn Kälte nich helfen tät, dann wär Hitze oft besser. Der Kurt Harras, der würd total auf Schlenzbäder schwören. Da gehse inne kochend heiße Badewanne, also ... mit Wasser drin, bisset nich mehr aushäls, und dann ziehse dich an wie einer vom Südpol, also Schlafanzug, Bademantel, Skipullover, Parka, Schal, Mütze. Und dann ab im Bett und schwitzen, bis der Arzt kommt.

Ich sach, der kommt aber nich! Den hab ich schon angerufen. In dem Moment geht der Fernseher an. Zeitschaltung! Da läuft da grad son Gesundheitsmagazin, aber über Krankheiten. Und der Fernseharzt empfahl neben viele andre Kniffs und Tippse, in jedem Fall abends drei Liter warmes Bier mit Honig zu sich zu nehmen.

Ich denk, dat isset! Ich sofort nache Küche. Ich sach, Schwester Guste, hasse dat Huhn schon getötet? Wir müssen umdisponieren! Geh ma Honig holen! Bier is ja im Haus. Und dann hab ich gar nich auf den Abend gewartet, sondern drekt, als meine flotte Biene mir den Honig gebracht hatte, mitte Umsetzung von die Therapie angefangen. Kaum hatt ich die drei Liter intus, fielen mir auch schon die Augen zu, und ich fiel in einen komaähnlichen Schlaf, wo ich träumte, ich wär im Land, wo Bier und Honig fließen und auch andere Flüssigkeiten.

Und als ich nach zwei Tage wieder wach wurd, stehen mein Arzt, der Pfarrer und mein Frau am Bett, und alle rufen: Gelobt sei Jesus Christus! Er lebt! Ja, da hat der Arzt den Totenschein inne Tonne kloppen können, also in die für Kassenpatienten. Ich sach, Leute, ich fühl mich wie neugeboren! Sie hatten recht, Herr Doktor! Schlafen is die beste Medizin!

Tür an Tür mit Elli
(inschpiriert durche Smokies)

Bei uns inne Siedlung, da lebt eine Frau
Ich kenn sie schon lange und auch sehr genau
Sie is ein Feger, ne unheimliche Schau
Die Elli

Sie kauft die Klamotten nur in Düsseldorf
Sie wirkt so gepflegt mit nur ganz wenig Schorf
Sie versprüht einen Duft wie gestochener Torf
Die Elli

Oh, ich weiß nich, wat ich tun soll, wo ich sie doch
begehr
Ich bin seit 24 Jahren hinter Elli her
Ja, seit 24 Jahrn leb ich Tür an Tür mit Elli
24 Jahre, dat is ne lange Zeit
Doch sie macht einfach nich ihre ... Türe auf
24 Jahr leb ich Tür an Tür mit Elli

Et is nich so, dat sie mich nich mach
Et gab Signale, fast jeden Tach
Ihre Blicke trafen mich wie ein Schlach
Von Elli

Neulich kricht ich von sie wat gesandt
Wat ich in meinen Briefschlitz fand
Es war ein Brief, und auf dem stand

Von Elli

Sie schrieb:
Ich weiß nich, wat ich tun soll, wo ich dich doch
begehr
Ich bin seit 24 Jahren schon hinter dir her
Doch seit 24 Jahrn lebs du Bett an Bett mit Guste
24 Jahre, dat is ne lange Zeit
24 Jahre halte ich mich schon bereit
Doch seit 24 Jahrn lebs du Bett an Bett mit Guste

Gestern stand ein Möbelwagen vor unsern Haus
Meine Frau sachte noch, oh, da zieht wer aus!
Und wie ich so kuckte, da kam sie da raus
Aber nich mein Frau, die Elli!

Und wie sie so rauskam, da wurde mir klar
Dat dat dat Ende zwischen uns war
Obwohl, zwischen uns war ja gar nix da
Zwischen mir und Elli

24 Jahre lang war gar nix passiert
Dat is schon ne Leistung, die ein imponiert
24 Jahre nur Tür an Tür mit Elli
Ich weiß nich, wo se hin is, dat is gez auch egal
Gez isset endlich Feierabend mit der Qual der Wahl
Zwischen mir und meine Frau und unsre ehemalige
Nachbarin, die Elli

Knebelstarschnitt 26/32

Kneipe

Boh glaubse, die Tage hat et bei uns ma wieder richtig gebrannt! Oh, ich sach Sie, da war richtig Feuer inne Hütte, aber gez nich die Möbel, dat hätt ja die Feuerwehr ruck, zuck erledigen können. Nee, da war mehr so partnerschaftlich en Inferno entstanden. Aber gez nich Vulkan der Liebe mit knisternde Erotik, sondern et hat mehr geknallt. Mein Frau war kurz davor, mir eine zu funken. Nur, weil ich gesacht hab … Na komm, wolln wir ma keine schmutzige Wäsche waschen. Schon gar nich die von mein Frau.

Auf jeden Fall hab ich mir gedacht, Herbert, wenn et einma so brennt, dann hilft nur noch löschen. Da bin ich bei uns inne Kneipe vonne Heidi, den Löschzug. Dat is noch sonne Kneipe im klassischen Sinn, weiße, so wie der Peter Alexander drüber gesungen hat in sein einmaligen Changson: Die kleine Straße in unsere Kneipe, da, wo dat Leben noch en lebenswerten is … So wie dat früher eigentlich immer überall war. Da gab et ja ne regelrechte Kneipenkultur. Aber gez nich hingehen, abfüllen und in Vandalismus ausarten, sondern sich gepflegte Pilsatmosphäre hingeben, dabei sein Herz ausschütten und sich aber immer wieder ein einschütten lassen. Und im Laufe von son Abend wurden die Probleme immer kleiner, bis die am Ende gar nich mehr da waren und wo man gar nich mehr wusste, warum bisse eigentlich hier? Ja, da musste man zwischendurch nomma nach Hause, um beie Ehefrau nachzufragen, wofür man eigentlich inne Kneipe gegangen war. Da hat dann sofort wieder die Hütte gebrannt, und da musste man drekt wieder in Löschzug. Das ewig alte Spiel.

In sonne Kneipe hattesse Freunde fürs Leben, zumindes, wenne ma ab und an ne Runde geschmissen has. Und dat war ja auch son Informationstreff. Da hasse alles erfahren. Wer mit wem und wann und wieso. Besonders montags war immer interessant, wenn die ganzen Frisöre da waren. Die hatten ja unter de Woche bei die ihre Schnippelei im Salong so einiges zu hören gekricht, wat oft ja gar nich salongfähig war.

Oder da hat man sich auch ma getroffen, um Fernseh zu kucken. Zu Hause hatte doch kaum einer en eigenes Empfängnisgerät. Und inner Kneipe stand er dann, schwarz auf weiß, der Schwarz-Weiß-Fernseher! Wat ham wir da für schöne Sachen gekuckt! Unvergesslich, vierunfuffzich, dat Endspiel, das Wunder von Bern! 200 Mann vor de Mattscheibe. Ja, eigentlich 199, weil, einer musste die Antenne halten. Ers wurd der sauber ausgerichtet, und dann durfte der nix mehr saufen, sons wär ja dat Bild verwackelt.

Ja, die ersten drei Reihen konnten auch wat sehen, aber die andern 23 Reihen dahinter nich mehr. Da wurd immer von vorne nach hinten durchgegeben, wat passiert war. Is klar, da war mitunter Konfussion.

Jedenfalls, wie ich da so reinkam bei de Heidi, da war sofort dat alte Feeling wieder da. Ja, die hat ja immer noch den alten Schwarz-Weiß-Fernseher, und en paar von die alten Kandidaten hängen da auch immer noch am Tresen. Ich glaub, seit vierunfuffzich. Der Löschzug, dat is eben en Überbleibsel aus vergangene Zeit, so wie Könige oder Echsen. Und ich frag mich allen Ernstes, wenn et solche Einrichtungen ma nich mehr geben sollte, wo willse dann noch hingehen, wenn zu Hause die Hütte brennt? Ich glaub, dann geh ich im Wasser!

Herbert hilft ... beim Tappezieren

Wie kann ich verhindern, dat die Tapeten nachn Tappezieren nich sofort wieder nach en paar Minuten oder manchma, wenn man Glück hat, auch ers am nächsten Tach wieder runterkommen?

Liebe Ratsuchende,

bestimmt kennt ihr auch dat Problem, wat grade in die Frage lang und breit beschrieben worden is.

UND GEZ MEIN TIPP,

der aber von den berühmten griechischen Fußballtrainer und Phillosoph Otto Rehakles stammt, der da sachte, als er noch en berühmten Maler und Lackierer war: Wennse frisch tappeziert has, lass die Fenster zu!

Nesthocker Emil Kemper

Boh glaubse, unsereins bleibt auch nix erspart! Ich hab en Pflegefall anne Hacken! Zusätzlich zu mein Frau. Die brauch ja generell ganz viel Hege und Pflege. Dat is en ganz zartes Pflänzchen.

Nee, und zwar is die Mutter von den Emil Kemper im Heim. Aber jetz is nich die der Pflegefall, sondern der Emil selber stellt den Pflegefall dar, weil nämlich seine Mutter im Heim gegangen is. Die konnte nich mehr. Also, den Emil ertragen. Da war dat Heim praktisch ne Insel der Zuflucht vor ihr sein Sohn.

Tja, jetz sitzt der Emil da inne Wohnung vonne Mutter, ohne die, mutterseelenallein! Die kommt ihn nich ma besuchen. Und jetz hab ich ihn anne Backe, weil, ich kenn den Emil schon von klein auf, als der noch klein war. Da war ich damals schon der Onkel Herbert für ihn. Und der sacht auch heute noch Onkel Herbert, obwohl der mittlerweile 47 is.

Daran sieht man schon, dat der Emil nie richtig erwachsen geworden is. Bütterken schmieren, Wäsche waschen, Strümpfe stopfen, Haare waschen inne Badewanne, Klamotten einkaufen gehen, selbs Unterbuchsen, dat hat alles die Mutti Kemper für ihn erledigt. Anfangs noch freiwillig, später aus pure Verzweiflung. Weil der auch keine Frau fand, die für ihm ihn seine Mutti ersetzt hätte.

Anfangs ham wir ausm Bekanntenkreis noch versucht, ihn zu verkuppeln. Ach, dat is ja schon ewig her! Da war ja der alte Kemper noch da. Bis der sich dann mit eine von die zu Verkuppelnden abgesetzt hatte. Da war die Mutti Kemper damals ziemlich

stinkig, also, auf den Emil, weil der sich dat Geschoss hat durche Lappen gehen lassen. Dat war aber auch en Geschoss! Da konnt die Mutti Kemper nich gegen anstinken. Nur der Emil fand die Mutti besser.

Ja, klassischer Ödiputz-Komplex! Kennen Se doch ause griechische Sagenwelt, wo der Sohn den Vatter loswerden will, damit er die Mutti für sich alleine hat. Dat hatte der Emil ganz geschickt eingefädelt! Von da ab hat der seine Mutti komplett in Beschlag genommen. Er hat sogar noch, als er 40 wurde, ne Mutti-und-Kind-Kur beantragt. Ja, weil er wohl mitkrichte, dat die zusehends abbaute.

Ja, aber dat mit die Betreuung von ihren Emil, dat hat die viele, viele Jahre über sich ergehen lassen, bis irgendwann der Punkt erreicht war, wo ihr Kanal voll war und sie gesacht hat, jetz geh ich im betreuten Wohnen und lass MICH ma betreuen!

Ja, jetz steht der Emil da und kann nix. Nich ma Haare waschen. Der sieht aus! Und in seine Not is er dann zu mir gekommen. Ja, jetz muss der Onkel Herbert ran. Neulich waren wir Unterbuchsen kaufen. Also, ich hab ihm gezeigt, wie dat geht. Ich geh doch jetz nich alle vier Jahre mit dem los! Dat war gar nich so einfach, noch welche mit Eingriff zu finden, jetz, wo et Herti nich mehr gibt.

Dann hab ich ihm gezeigt, wie man en Spiegelei bratet oder Miraculi oder Waschmaschine anmacht und vor allen auch wieder aus oder Staubsaugerbeutel wechselt. Obwohl, da musste mein Frau kommen. Son Beutelwechsel, dat is ja mittlerweile komplizierter, als wenne zum Mond fliechs!

Ja, jetz hab ich dat die letzten Tage an mein eigenen Leib erfahren, wat die arme Frau Kemper jahrelang an ihren Leib erfahren hat, nämlich den Emil. Ich hab jetz schon die Nase voll!

Ich speckelier schon heimlich drauf, dat die Zimmernachbarin von die Frau Kemper den Löffel abgibt, damit der Emil da einziehen kann. Also, von mir aus soll die Frau 100 Jahre alt werden, die is ja schon 99, aber wenn einer betreutes Wohnen brauch, dann is dat der Emil Kemper!

Knebelstarschnitt 27/32

Namensgedächtnis

Boh glaubse, früher hab ich mich ja immer lustig gemacht über so Leute, die Probleme hatten mit ihrn Namensgedächtnis. Also, gez nich mit ihrn eigenen Namen, also, wenn et so weit is, dann … weiße ja nichma mehr, wie de heißt! Nee, ich mein so Leute, die nich auf andre draufkommen.

Kennen Se doch bestimmt auch, wo einer zu Sie sacht, hömma, gestern hab ich den … den … na, sach! Und Sie sagen dann, ja, wen denn? Und der sacht, ja, mein Gott, der … den kenns du doch auch! Und dann sagen Sie zu den, ja, wen kenn ich denn? Und der sacht, wat weiß ich, wen du alle kenns! Ich kenn doch nich alle, die du kennns! So welche kennen Sie doch auch! Vor allen die Gespräche mit die.

Oder auch, wenn Sie einer wat ausn Fernseh erzählt, wo der son Film gesehn hat mit den Jack Nickelsen, aber auf den Nickelsen nich kommt. Wo er sacht, hasse gestern den Film gesehn? Und wo Sie sagen, wat fürn Film? Ja, da mit den einen, mit den Amerikaner! Und Sie, ja, mein Gott, mit wat fürn Amerikaner? Ja, der Große da, den se mitn Messer ma die Nase aufgeschlitzt haben. Aber in ein anderen Film. Der war auch ma inne Klapsmühle. Und so geht dat immer hin und her. Und er kommt einfach nich auf den Nickelsen drauf.

Und so wat konnt ich nie verstehn, denn wenn ich mir ein merken konnte, dann war dat der Jack Nickelsen. Ich konnte mir überhaupt gut Namen merken: Schauspielerinnen, Sängerinnen, Verwandte … Die Schwestern vonne Guste kannte ich in- und

auswendig. Oder auch bei Männern konnt ich mir ganze Fußballmannschaften merken. Zum Beispiel die 1962er Mannschaft von Sportfreunde Katernberg: Im Tor war der Klaus, hinten inne Abwehr der Günner, der Hermann und der Adolf – manche hießen ja damals noch Adolf –, ja, und dann halbrechter Stürmer, dat war der … der … Ja, sehn Se dat?! Genau dat wär mir früher nich passiert! Da hätt ich die ganze Truppe so runterbeten können inklusive Ersatzbank! Und heute is da manchma nur en schwarzes Loch, wo früher die Ersatzbank war.

Also, großartig beunruhigen tut mich dat gez noch nich, weil, die meisten Namen weiß ich ja noch! Und den halbrechten Stürmer konnse sowieso vergessen. Um den is nich schade. Ich hab auch mit mein Arzt drüber gesprochen, mit den Doktor … Auf jeden Fall sachte der auch, machen Se sich da bloß kein Kopp drüber, Herr … Herr … Dat is normal. Ab en gewissen Alter. Er sacht, trainieren Se Ihrn Gehirn, lesen Se ma wat, zum Beispiel dat neue Buch von den … da von diesen Amerikaner dat. Ich sach, ja, mach ich, Doktor …

Und dann bin ich inne Buchhandlung und hab mir en Buch von Jack Nickelsen gekauft!

Herbert hilft ... bei Flugangst

Wie kann ich verhindern, dat ich beim Fliegen die Hosen voll hab?

Liebe Ratsuchende,

bestimmt kennt ihr dat Problem, dat ihr beim Fliegen total die Hosen voll habt, also im übertragenen Sinn Schiss oder umgangssprachlich Angst. Ein Problem, wat durchaus seine existenzielle Berechtigung hat, weil, eure Maschine wär ja nich die erste, die vom Radar verschwindet. Mein Gott, von wie viel unwägbare Zufälle hängt en sicherer Start oder ne sichere Landung ab! Wenn man einma oben is, kann ja nich viel passieren, et sei denn, man geht inne Luft.

Wenn ihr trotzdem fliegen wollt, hier mein Tipp:

Sich während des Fliegens ablenken, so dat man gar nich merkt, dat man fliegt. Zum Beispiel beten! Auch wenn ihr nich reljös seid. Hauptsache, ihr habt ersma wat zu tun! Dann vielleicht en Film kucken. Aber nich so Katastrophenfilme wie «Flug 441 antwortet nich», «Apollo 13 antwortet auch nich» oder «Einer flog übert Kuckucksnest»! Dann lieber «Titanic», weil, dann seid ihr froh, dat ihr im Flugzeug sitzt!

Lebensmittelkontrolle

Boh glaubse, die Tage war ich ma wieder im Supermarkt unterwegs. Ich stand so grad am Regal zwischen Erbsen und Möhrchen extra fein und Leipziger Allerlei, um die Dosen nach ihre Haltbarkeit zu kontrollieren. Ja nu, ich mach dat öfter. Ich bin ja nich son Lauschepper, der aum Sofa dem Staat aufe Tasche liegt und sich vor Langeweile die Fußnägel lackiert, sondern ich versuch, meine freigewordene Zeit als Rentner sinnvoll zu verschwenden. Ja, und seit geraume Zeit geh ich ma in den ein oder andern Supermarkt, um zu kontrollieren, ob die Dosen nich schon abgelaufen sind. Ich mein, ich bitt Sie, nach die ganzen Lebensmittelskandale mit Salomonellen, Kulibakterien und Gammelfleisch, da is Vorsicht geboten. Da muss man aufm Hut sein!

Deswegen bedarf et Leute wie mir, die für die Gemeinschaft als Jonny Controletti inne Bresche springen, zum Teil unter Einsatz von ihrn Leben. Wat meinen Sie, wie oft ich schon ausm Supermarkt rausgeflogen bin, weil se mir anne Wäsche wollten! Ich belass et ja nich nur beim Kontrollieren vonne Datums, als richtigen Controletti, sondern ich mach auch Stichproben. Ich hab den Dosenöffner immer im Anschlag. Und ich mach auch nich nur Dosen auf, die ich gerne mach, sondern ich probier auch dat, wat mir jetz nich so schmeckt, um en repräsentativen Querschnitt zu kriegen. Ja, man muss auch ma dahin gehen, wo et weh tut. Und wenn ich dann ma sonne Dose Kidney-Bohnen auf hab und dat kontrolliert hab, ob die noch gut waren, dann geh ich schomma inne Süßigkeitenabteilung, um geschmacklich

wat dagegenzuhalten. En Zuckerschlecken is dat aber trotzdem nich, weil, beliebt is man durch die Tätigkeit nich. Aber wer für de Gerechtigkeit kämpft, is oft auf einsamen Posten.

Aber ich muss sagen, die meisten Sachen sind ganz in Ordnung und schmecken ganz lecker. Aber ab und an hasse dann doch ma en schwarzes Schaf in sonne Dose. Und so war et auch an dem Tach, von dem ich ja praktisch schon die ganze Zeit berichten will. Ich hatte an für sich gute Voraussetzungen für en ausgiebigen Kontrollgang, weil ich ordentlich Apptit mitgebracht hatte. Und wie gesacht, ich stand da an son Regal zwischen de heimischen Produkte und dachte, ach komm, heute gehse ma zur Abwechslung anne Kühltheke und kucks, wat da so an ausländische Spezialitäten schlecht geworden is. Wat ne lange Reise hinter sich hat, is ja besonders anfällig für Lücken inne Kühlkette. Da kann man dem Datum schomma gar nich trauen. Wenn da irgendwo wat, sagen wir ma, in Palermo, 3 Stunden inne pralle Sonne gestanden hat, dann können die dat noch so oft schockgefrieren, da sind den Salomonellen Tür und Tor geöffnet. Mit dem Wissen als Hintergrund bin ich gezielt anne Kühltheke gegangen und hab mir son exotischen Käse rausgefischt. Ich mach den Käse auf, und wat soll ich sagen: alles verschimmelt! Richtig blau angelaufen war der schon. Und da hab ich den Filialleiter kommen lassen. Ich sach, Kollege, wat is dat denn hier?! Da sacht er, dat is Rockfort. Ich sach, für mich is dat nich Rockfort, für mich is dat Schimmel! Tja, und da hat er mich aufgeklärt, dat dat dat Besondere an den Käse is, dat der schon ab Werk verdorben wär und dat et da ne große Kundschaft für geben tät. Gorgonzilla-Käse käm auch aus die Richtung. Oder manche würden sogar Aschekäse essen. Dat würd sich komisch anhören, wär aber alles unbedenklich.

Da war ich platt! Da denkse, du opfers dich für de Gemeinheit auf, und dann fressen die dat verschimmelte Zeuch freiwillig! Na ja, man lernt eben immer wieder dazu, gerade im Außendienst!

Knebelstarschnitt 28/32

Klingeltöne

Boh glaubse, wissen Se, wat en Armutszeugnis von unsre momentane abendländliche Kultur is? Ich mein, et gibt ja mehrere Armutszeugnisse, zum Beispiel Fernsehprogramm, Hitsparade, Bahnhofstraße in Gelsenkirchen, alkoholfreies Bier und, und, und. Aber dat Armutszeugnis schlechthin, dat is Klingeltöne vonne Handys!

Dat is ja unglaublich, wat man da alles zu hören kricht: bekloppte Frösche, Toilettenspülung, Autohupe oder en Versprecher ausn Fernsehn von ein, oder Teile von Hits ause Hitsparade, Tiergeräusche, Erotikgestöhne ... Wobei, dat Erotikgestöhne hatte ich mir auch ma ne Zeitlang auf mein Taschentelefon ingstalliert. Dann kam dat immer bei mir ause Hose raus, zusammen mit Vibratoralarm, weiße, wo et so rüttelt. Ja, dat hatt ich aber nur gemacht, um mein Frau en bissken zu foppen.

Ja, ich hab dat dann aber wieder weggemacht, nachdem ich damit in eine peinliche Situation geraten war bei de Beerdigung von den Artur Braun. Gerade im Moment, wo ich da anne Aushebung steh, um ihn mitte Schüppe noch ein mitzugeben auf ihm sein Weg im Jenseits, erreichen mich auf einma die Funkwellen inne Buxe.

Ich hab dann ers so getan, als wenn dat nich aus mir käm, ich mein, war ja auch nich meine Stimme. Kennen Se doch, so peinliche Situation, wenn man mit mehrere Fahrgäste in ein Fahrstuhl sitzt und einer hat ein gehen lassen, da lässt der sich ja auch nix anmerken. Son Pups, der lässt sich ja nich orten. Da is ja schwer

zu sagen, bei wen der vorher inne Buxe war. Aber bei meine Buxe wurd dat immer deutlicher, vor allem durch den Vibratoralarm. Die war so am Flattern, als würd ich im Wind aufe Leine hängen!

Ich hab mich so geschämt, ich wär fast selber gestorben. Aufe Beerdigung von ein anderen! Na ja, unter Kostengesichtspunkte wär dat natürlich ein Schnäppchen gewesen. Sonne Mitfahrgelegenheit im Jenseits krisse nich oft angeboten.

Zum Glück hat et dann irgendwann aufgehört. Aber ich musste mir noch wochenlang Kritik anhören wegen mein Telefon. Obwohl die Stimmung aufe Beerdigung anschließend deutlich besser war.

Ja, aber dadurch wurd mir dat so richtig am eigenen Leib vorgeführt, wat dat fürn Armutszeugnis is, weil, et klingelt ja nich nur aufe Beerdigung, sondern überall: im Kino, Theater, am Arbeitsplatz, Restaurant, im Gespräch … Am Anfang war dat ja noch ganz witzig, wenn von einen ein Handy ging, und statt Klingelingeling kam dann «Maschendrahtzaun» oder Kavallerietrompete, U-Boot-Alarm oder die dicken Glocken vom Sankt Peter. Herrliche Sachen gab et da! Aber heute is dat doch imflationär! Überall wirse zugebimmelt mit irgend son Scheiß, den keiner mehr hören will!

Wat war dat früher schön, weiße, wo jeder en schwarzes Telefon hatte, den legendären Wählapparat 48! Der stand zu Hause, da, wo er hingehörte. Mit Schnur! Da hatte jeder dat gleiche Klingeln, ob jung oder alt, Mann oder Frau, schwarz oder weiß. Vorm Telefon waren alle gleich! Zumindest die, die et sich leisten konnten, en Telefon zu haben.

Heimlich rauchen

Boh glaubse, seit Wochen werd ich jetz verschärft kontrolliert! Regelrecht überwacht! In meine eigene vier Wände! Dat sind Zustände wie inne DDR, also ... wie inne frühere DDR, weil, mittlerweile hat sich da ja auch einiges getan. Aber bei uns inne Wohnung geht et grad wieder in die andere Richtung. Und zwar is mein Frau der Stasi, und ich bin das Volk. Gez hat mein Frau zwar keine Mauer gebaut, dafür aber Rauchermelder.

Wat soll ich Sie sagen, die Tage kam ich nach Hause, da steht mein Frau aufe Leiter und bohrt. Aber nich inne Nase, dafür brauch die ja keine Leiter, sondern inne Decke mitte Maschine. Zwei Löcher hatte se schon gemacht, schön S-8er-Dübel versenkt, richtig fachmännisch. Ich war richtig beeindruckt.

Ja, jetz wusst ich ja gar nich, wat auf mich zukommt, also, warum sie am Bohren war. Und ich sach so, aus sonne Laune raus, Guste, wat machse da? Wollse ne Liebesschaukel für uns ingstallieren? Und ich seh uns schon inne Phantasie, wie wir aufe Schaukel zugange sind, und denk noch so dabei, oh, oh, ob 8er-Dübel dafür reichen?

Da sacht sie, ich gib dir gleich Liebesschaukel! Du has mich lange genug verschaukelt mit deine heimliche Raucherei! Ja, und dann hat die tatsächlich in alle Zimmer von unsre Wohnung Rauchermelder angebracht, sogar auch ein aufm Klo. Dabei rauch ich doch schon seit Jahren nich mehr. Jedenfalls nich viel mehr.

Lange Zeit hat sich mein Frau bei ihre Schnüffelei ganz auf ihre Nase verlassen. Da hat se mich immer drangekricht. Dann hatte

ich aber so ausgeklügelte Techniken entwickelt, um den Rauchgeruch vor sie zu verheimlichen. Ers hab ich bei offenem Fenster geraucht, dann in den laufenden Staubsauger rein. Dann hab ich versucht, die Wohnung mit andere Gerüche vollzumachen: bei offene Ofenklappe ne Tiefkühlpizza reingeschmissen, damit der Pizzamief sich inne Wohnung ausbreitet, frischen Kaffee gekocht wegen dem Verwöhnaroma, bissken Kölnisch Wasser aum Teppich gekippt, Aschenbecher mit Sackrotan ausgewaschen und, und, und. Dat war ne Maloche! Und alles nur wegen eine scheiß Zigarette!

Und dann kommt mein Frau nach Hause und hat noch nich ganz ihr Riechorgan inne Bude, da hieß et direkt, Herbert, du has wieder heimlich geraucht! Mit ihrn Zinken hätt die bei «Wetten dass» auftreten können.

Na ja, und jetz wollte se dat Rauchen wohl schon im Keim ersticken und hat deswegen überall diese Rauchermelder ingstalliert. Und jetz hatte ich lange überlegt, wie ich die Biester austricksen kann, und hatte dann auch ne Eingebung. Und zwar war ich auf den Trichter gekommen, unter de Dunstabzugshaube zu rauchen. Bei Stufe 8! Hömma, dat war ein Sog, dat mir fast die Kappe fliegen gegangen is!

Wat den Rauchermelder angeht, hat dat super funktioniert, aber ich krich jetz zunehmend Probleme mim Rücken. Ja, ich häng ja da drunter wie son Limbotänzer, nur anstrengender! Son Limbotänzer muss ja nich rauchen bei seine Verrenkung. Ich glaub, ich muss ma mit mein Ottopäde sprechen, ob der nich en Tipp hat für mich.

Herbert hilft … beim Sparen

Wie kann ich verhindern, dat die Gasrechnung explodiert?

Liebe Ratsuchende,

sicher kennt ihr dat Problem, dat quasi jedes Jahr eure Gasrechnung explodiert. Et sei denn, ihr habt Öl oder Kohle. Dann müsst ihr im Folgenden dat Wort Gas durch Öl oder Kohle ersetzen!
Also zurück zum Gas (Öl, Kohle)! Hier ein paar einfache, aber wirkungsvolle Tipps, wie man ne Gasexplosion vermeiden kann und wie man stattdessen mehr Kohle im Pottmonee hat. (In diesem Fall Kohle nich durch Gas oder Öl ersetzen!)

TIPP 1:

Nich so oft zu Hause aufhalten! Heizung abdrehen und sich bei Bekannte einladen, die et schön lecker warm haben!

TIPP 2:

Bloß nich so oft lüften! Da geht nur die Wärme raus, und ihr verstärkt den Treibhauseffekt. Und merke: Et sind schon viele erfroren, aber noch keiner erstunken!

TIPP 3:

Öfter ma im Auto setzen und ummen Block fahren, bis einem warm wird. Stichwort «Blockheizkraftwerk» !

TIPP 4:

Heizung aus und dafür Tiere mit im Bett nehmen, aber möglichst Warmblütler ! (Keine Fische !) Falls keine Tiere im Haushalt greifbar, tut et auch die Partnerin oder der Partner. Einfach ma wieder sich gegenseitig heißmachen, bis et funkt. (Achtung : Explosionsgefahr !)

Knebelstarschnitt 29/32

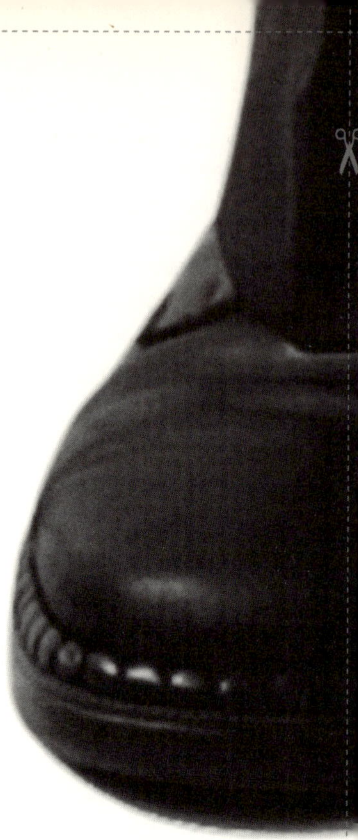

Idiotentest

Boh glaubse, endlich ham wir et amtlich! Endlich hamsen am Wickel, den Jens Kickermann! Der muss nämlich zum Idiotentest, der Idiot! Da isser auch richtig aufgehoben, weil, Intelligenztest machen ja die Intelligenten und Idiotentest … wie der Name schon sacht.

Ich mein, meiner Meinung nach bräuchten die den gar nich testen als ein Idiot. Da gibt et bei uns inne Siedlung ja ne Langzeituntersuchung zu, wat den anbelangt. Da hätten se einfach nur mich fragen sollen vonne Prüfungskommission. Da hätt ich denen praktisch ne sich eine eineinanderreihende Beweisführung vorlegen können, von dem seine Kindheit an bis im Gez, also … heute.

Sie müssen sich dat bei den Jens so vorstellen: In den seine Welt dreht sich alles um Autos. Da hat Intelligenz einfach kein Platz mehr. Dat fing bei dem schon als kleinen Furz an. Da hat der schon sein Bobbycar tieferlegen lassen. Und dat hat sich bis heute fortgesetzt. Der hat seine Karre derartig tiefergelegt, dat der an jede Holperschwelle hängenbleibt, der Doofmann!

Jetz is bei ihm auch noch son grundsätzliches Problem, dat er nich so mitte Verkehrsregeln vertraut is. Er hat auch drei Anläufe gebraucht, um für Führerschein zu bestehen. Und meiner Meinung nach hat er den letzten Endes nur gekricht, weil der Fahrlehrer sein eigener Vatter war und wahrscheinlich bei de Prüfung den ein oder anderen Schein nach hinten gereicht hat. Komm, ich weiß doch, wie so wat geht!

Jedenfalls hat er Probleme mit rechts vor links, weil er nich weiß, ob sein rechter Daumen jetz rechts oder links is. Zumindest muss er da länger drüber nachdenken. Dann, ganz heikles Thema: Geschwindigkeitsbegrenzung. Wenn da zum Beispiel 70 stand, dann hat der dat immer als Mindestangabe interpretiert, und dann musste da schomma die ein oder andre rote Ampel oder en Stoppschild in Kauf genommen werden. Und dat mit dem Punktesystem aus Flensburg hat der, glaub ich, auch falsch verstanden. Der hat gedacht, beim gewissen Punktestand kricht er ne Treueprämie.

Und en ganz großen Handicap is leider seine Merkfähigkeit. Kennen Sie die Blitzanlage aufe A 40, da inne Buderuskurve bei Essen-Kray? Die kennt doch mittlerweile jeder! Da fahren doch nur noch Holländer rein und Idioten. Und gez raten Se ma, wer da Stammgast war, in den Fotofix vonne Buderuskurve! Richtig, der Jens Kickermann! Wenn die vonne Behörde den Starenkasten ausleeren, um die Filme nache Entwicklung abzugeben, dann schließen die schon Wetten ab, unter dem Motto: Ma kucken, wie oft der Kickermann wieder dabei is.

Ich bin ma gespannt, ob der den Idiotentest als staatlich geprüften Idioten besteht! Aber wat mich auch ma interessiert, is, wat is, wenn der durch den durchfällt? Wat is der dann? Vielleicht Spitzenidiot, Topidiot, Staridiot …? Ich glaub, der is einfach nur Vollidiot!

Kleingärtner

Boh glaubse, die Tage bin ich in ein Kosmos vorgedrungen, wo ich auf ne ganz andre Welt getroffen bin. Und zwar war ich in eine Kolonie. Aber nich Deutsch-Südwest, also ... Afrika, sondern Kleingartenkolonie.

Ja, ich hatte mich da bislang immer konsequent von ferngehalten, weil, irgendwie sah dat nach Arbeit aus. Unkraut jäten, Spargel abstechen, Erbsen zählen ... Näh, dat is nix für unsern Herbert!

Jetz hatten wir aber ne Einladung gekricht, wo mein Frau schon zugesacht hatte, und zwar von ein bekanntes Ehepaar, die Lotte und der Hans Heckmann. Die sind da schwer aktiv inne Kolonie «Laubenpieper». Da ham die ne Pazelle oder Scholle oder wie der Fisch da heißt.

Ja, Samstagnachmittag, fuffzehn Uhr, waren wir da. Aber bis wir wirklich da waren und die Heckmänner lokallesiert hatten, hat dann noch en bissken gedauert, weil, sonne Kleingartenanlage, dat is ja wie en Irrgarten. Da wirse irre!

Und wenn man da so durchlatscht, kricht man aber en schönen Einblick in dat Dasein und die Psyche von son Kleingärtner: Überall Ferrari-Fahnen und Schalke 04. Und eine von FC Bayern. Aber Malochen wie bekloppt: graben, hacken, spritzen, schnippeln ...

Ich sach zu mein Frau, hömma, Guste, dat is ja hier wie in ne Strafkolonie! Wat ham die alle ausgefressen?! Da meint sie, manche Leute würden sich eben gern körperlich betätigen. Da hätt ich

ja nix mit am Hut. Ich sach, kommt auf die Betätigung an!

Na ja, als wir die Heckmänner dann endlich gefunden hatten, stand er mim Arsch noch inne Möhren, und sie war mitte Nagelschere den Rasen am Trimmen. Und die ganze Pazelle von die sah aus wie ausn Ei gepellt. Die Hecken frisch rasiert, die Beete wie geleckt, dat Gemüse poliert, Wege abgespritzt mit Unkraut-Ex... Da hab ich mir am Gartentor drekt die Schuhe ausgezogen, um nix dreckig zu machen.

Nache Begrüßung bauten sich die Heckmänner dann ganz stolz auf, zeigten mit große Geste auf den Garten und sachten, na, ham wir zu viel versprochen? Ich sach, ja, mit Natur habt ihr dat wohl nich so. Traut sich hier überhaupt noch en Lebewesen hin, außer euch? Son Wurm oder Käfer macht doch bestimmt en riesen Bogen um euch. Da sachten se, sie würden sich auch alle Mühe geben, die Viecher im Keim zu ersticken. Und wir sollten uns schomma setzen. Kaffee und Kuchen ständ da. Sie müssten nur noch eben wat umgraben, bevor et zu spät wär.

Ja, und dann wurd dat wider Erwarten en richtig netten Nachmittag. Mein Frau und ich ham uns den ganzen Kaffee und Kuchen reingehauen und die Heckmänner beim Umgraben zugekuckt. Ich kam mir vor wie en Plantagenbesitzer. Ich hab se dann noch en bissken angewiesen, wo se noch nich waren, und en bissken angetrieben, wenn se in ihre Emsigkeit nachließen.

Ich sach, sisse, Guste, et muss sich nich jeder körperlich betätigen! Der größte Muskel is dat Gehirn!

Patchwork-Familie

Boh glaubse, et gibt Sachen, die gab et früher gar nich. Zum Beispiel Pätschwörk. Also, dat gab et früher schon, aber nur als Teppich, als geflickten. Dat kam ausn Englischen, weil, en «pätsch» is nämlich im Englischen en Flicken. Und «wörk» is klar. Also Flickwerk oder auf gut Deutsch: dat Beste draus gemacht.

Und da sind wir schon wieder mitten im Thema, nämlich Pätschwörk als Familie, aber eben geflickte. Da hat die ursprüngliche Konstruktion Löcher gekricht, wat weiß ich, der Papa is ma eben Zigaretten holen gegangen und is dann mit die neue Lebensgefährtin wiedergekommen und direkt mit die Kinder von die dabei. Und sie, also, die Frau von den Zigarettenholer, total enttäuscht, sich getrennt und sich ausgezogen. Quatsch, nur ausgezogen. Da war gez en «sich» zu viel.

Und dann is die en Block weiter gezogen zu ein Kaffzett-Montör, der sie vor längere Zeit schomma signalisiert hatte, dat er an sie auch ma gerne en bissken rumschrauben würde. Und dann is dann bei die Schrauberei wat entstanden. Ers Liebe und dann als Folge en kleinen Schrauber.

Ja, und irgendwann is dat so, dat, nach anfängliche Querelen und Kloppereien, die sich zusammengerauft haben und ne Art Großfamilie bilden, wo der Zigarettenholer mit den kleinen Schrauber schomma nach Schloss Beck fährt und die Mutter von den kleinen Schrauber, die ja auch die Mutter von die Kinder von den Zigarettenholer is, der ja mit die Neue von ihm auch jetz schon wieder en Kind dabeihat, ja, dat die mit denen gez auch

ma en DVD-Abend macht, und wo der Kaffzett-Montör mit den großen Schrauber … Ach nee, dat is ja eine Person. Gez muss ich aufpassen! Also, wo der Montör mit dem Auto von den Zigarettenholer alleine wegfährt, weil er ja weiß, der kleine Schrauber is in guten Händen, und der Zigarettenholer denkt sich, ja, da is ja mein Auto auch in guten Händen. Er is ja Montör!

Und diese Art von Familienmodell gibt et ja mittlerweile an jeder Ecke. Aber selbs en noch so gelungenes Modell kann zur Folge haben, dat et Leidtragende gibt, in diesen Fall der Papst und die CSU. Die beiden wollen die alte Familie, dat traditionelle Familienidüll, aufrechterhalten, weiße, wo zuers geheiratet wird, dann kommen die Kinder, und dann lernt man sich kennen und stellt fest, dat dat en Schuss im Ofen war. Und beide sagen, schade, dat wir uns nich früher kennengelernt haben, da hätten wir uns dat mitte Hochzeit und mitte Blagen schenken können. Aber gez müssen wir durchhalten, bis einer von uns durch den Tod von ihm ausscheidet.

Ich mein, ich bitt Sie, dat kann doch nich die Lösung sein! Dat macht der Papst doch auch nich oder die vonne CSU! Ich muss sagen, ich find sonne Pätschwörk-Familie gar nich so schlecht. Is doch besser, als wenn sich Papa und Mama mim Arsch nich mehr ankucken. Da is immer wat los, man lernt ständig neue Leute kennen, und Weihnachten gibt et unterm Strich auch mehr Geschenke.

Dat muss ich mein Frau auch ma vorschlagen! Da fällt mir ein, ich müsste demnächst sowieso mit mein Auto ma nache Werkstatt. Obwohl, ob ich auf meine alten Tage nochma wat mit nem Montör anfangen sollte …?

Verfahren

Boh glaubse, die Tage hab ich mich total verfranst, und zwar mit mein Auto, also … verfahren! Ich wollt an für sich wollt ich nach Aachen. Ja, da war ich noch nie. Und et ham ja alle immer gesacht, Herbert, Aachen is so schön! Da musse ma hinfahren! Is ja auch gar nich so weit. Bisse schnell da. Und wenn et dir nich gefällt, bisse auch schnell wieder weg. Und dann hamse auch alle immer geschwärmt vonne Aachener Printen. Und da wollt ich mir die Printen ma ankucken. Ich interessier mich ja für historische Architektur!

Auf jeden Fall, ich war so unterwegs nach Aachen und war ersma ganz beeindruckt vonne Landschaft, die so anne Autobahn lag. Richtig bergig, dicht bewaldet … Ich denk, mein Gott, dat sieht ja fast so schön aus wie im Hochsauerland! Kuck an, der Aachener weiß zu leben!

Ja, und nach zwei Stunden dacht ich, jetz muss Aachen aber auch ma langsam ausgeschildert sein! Sonne schöne Stadt! Die ganzen Käffer hatten se schon angeschlagen: Menden, Brilon, Werl, Maasberg … Nur Aachen nich! Ich denk, is dat ne Intrige vom Straßenverkehrsamt?!

Und so 12 Kilometer vor Kassel kam ich aber im Zweifel, weil immer noch nich Aachen-Zentrum stand. Da hab ich den Navi angemacht. Normal setz ich den nur ganz sparsam ein, weil, da muss man aufpassen. Mit so Geräte kann man sich auch den Orientierungssinn kaputt machen! Ich tipp da so Aachen ein, da gibt der mir als Entfernung vom Zielort 342 Kilometer an! Ich denk,

sisse, wenne die Dinger brauchs, funktionieren se nich! Ja, den Mensch kann man nich einfach ersetzen mit seine intuitive Logik und sein Riecher!

Da hab ich einfach die nächste Ausfahrt genommen und gedacht, jetz benutzte ma dein Supercomputer, dein Gehirn! Und wat soll ich Sie sagen? En paar Minuten später … war ich in Kassel! Auch interessant! Obwohl die keine Printen haben. Dafür aber Kassler! Et muss ja nich immer Architektur sein, wat ein anne Stadt reizt.

Also, wenn Se da ma hinwollen nach Kassel, immer Richtung Aachen! Aber lassen Se den Navi aus, sons fahren Se womöglich falsch!

Umtausch

Boh glaubse, wissen Se, wat auch en Kreuz is? Dat is diese ganze bekloppte Schenkerei! Ja, ich steh aktuell wieder vor dem Problem, dat ich en Kollege wat schenken muss, der irgendwat zu feiern hat. Man will ja da auch nich mit leere Hände kommen. Mein Gott, der Mann stellt Getränke zur Verfügung, Speisen … Hoff ich jedenfalls! Weil, ich schieb schon seit zwei Tage Kohldampf, damit ich mich da ordentlich vollfressen kann. Ja, und da will der natürlich en gewissen Gegenwert haben. Und da stellt sich die Frage: Wat schenkt man? Wat wiegt dat auf, wat ich fress?

Aber dat is ja jedes Ma en Problem mit die Schenkerei. Und oft hat der Beschenkte da doch gar nix von. Weil dat en Geschenk is, wat der gar nich gebrauchen kann. Dat Einzige, wat der dann hat, is den Stress, dat wieder loszuwerden. En Paradebeispiel dafür is doch zum Beispiel Weihnachten. Dat is doch dat Festival vonne falschen Geschenke.

Mir is dat letzten Weihnachten im Prinzip auch wieder so gegangen. Da bin ich drekt am nächsten Tach inne Stadt gewesen, um dat umzutauschen. Dat war aber auch wieder en Geschenk! Ich hatte dat gar nich ausgepackt. Ich hatte dat schon an die Form gesehen, wat dadrin is. Schon wieder en Buch!, hab ich gedacht. Jedes Jahr! Wer soll dat alles lesen?!

Und dann hab ich gedacht, komm, gez nache Feiertage is nix los, da liegen se noch alle vollgefressen unterm Tannenbaum und warten dadrauf, dat die Verdauung wieder einsetzt. Da

hasse da freie Bahn inne Zitty. Ja, aber dann kam es mal wieder ganz anders, als wie es der Beschenkte, also ich, sich kalkeliert hatte. Die Ganzen, die ich unter de Weihnachtsbäume vermutet hatte, hatten sich mit ihren dicken Wanst inne Stadt geschleppt. Proppenvoll! Da war gar kein Durchkommen mehr! Die wollten wahrscheinlich auch alle ihr Buch umtauschen.

Auf jeden Fall komm ich zu die Buchhandlung hin, und da seh ich direkt, dat ich mit meine Befürchtung ma wieder recht hatte. Da stand ne Schlange vor die Umtauschkasse wie nachn Krieg. Nur, dat se diesma alle wat zurückgeben wollten.

Wat blieb mir anderes übrig, als mich da hinten anzustellen. Und wie ich da so steh, hab ich so gedacht, mein Gott, wie wenig die Menschen sich doch kennen! Wie wenig man voneinander weiß, wat der andere haben will oder brauch. Sons würden se doch nich alle dat Falsche schenken.

Aber dat fing ja schon damals im Stall von Bethlehem an. Ob dat Jesuskind mit die Geschenke vonne Heiligen Drei Könige so glücklich gewesen is, dat sei ma dahingestellt. Ich mein, Gold, da kannse nix mit verkehrt machen, gerade inne heutige Zeit, aber Weihrauch und Möhre?! Dat is doch total daneben für son Baby! Beißring, Schnuller oder Räppelchen, dat wär altersgerecht gewesen für son Hosenscheißer! Aber Weihrauch und Möhre! Wahrscheinlich ham die dat auch direkt umgetauscht. Aber da schweigt die Bibel zu.

Ja, und mein Frau müsste mich auch besser kennen! Hab ich gedacht. Wie ich dann nämlich endlich anne Reihe war, hab ich mein Umtausch da hingeknallt und gesacht, ich will dat nich! Da sacht die Verkäuferin, wat hamse denn da? Ich sach, wozu steh ich wohl hier inne Buchhandlung, Schätzken? Um ne Waschmaschine umzutauschen?! Sacht sie, dann wolln wir ma kucken, Schätzken! Und reißt dat Geschenk auf.

Ja, und in dem Moment war für mich wirklich Weihnachten! Da entpuppte sich dat Buch nämlich als DVD. «Die schönsten Fußballtore vonne ganzen Welt, seit et Fußball gibt!» Mit Originalkommentare von Manni Breuckmann.

Ja, da war ich wirklich gerührt, wie einfühlsam mein Frau schenken kann. Die würd ich nie umtauschen!

Knebelstarschnitt 30/32

Herbert hilft ... bei de Fitness

Wie kann ich verhindern, dat ich im Alltag verroste, ohne teuer Geld für en Fitnessstudio auszugeben?

Liebe Ratsuchende,

ihr kennt bestimmt dat Problem, dat ihr total verrostet, aber kein Geld habt fürn Fitnessstudio. Oder ihr habt dat Geld und kauft euch aber lieber wat Schönes dafür.

Oder, anderes
Beispiel, vom Ehepartner die
Fernbedienung verstecken lassen und
dann selber suchen, und zwar kurz vorm
Länderspiel oder Günther Jauch. Da kommt
aber Schwung inne alten Knochen!
Zum Schluss noch en ganz heißer Tipp: Öfter ma
die Gardinen abnehmen! Euer Körper wirds
euch danken! Aber denkt dran: Die meisten
Unfälle passiern im Haushalt! Grade
beim Gardinenabnehm!

Hier mein Tipp:

Oft is der Haushalt ein Fitnessstudio, ohne dat man et merkt. Zum Beispiel kann sich hinter ein gut gefüllten Salzstreuer oder ne prall gefüllte Pfeffermühle ne Hantel verbergen. Also: Beim Würzen nich sparen! Euer Bizeps wird et euch mit Muckis danken. Von einseitigem Würzen is abzuraten! Würzarm-Gefahr!

Oder, Beispiel, einfache Gänge im Haushalt. Nich so oft den Partner oder die Partnerin schicken (Wer kennt dat nich? «Schatz, bringse noch en Messer mit?»), sondern die Herausforderung selber annehmen! Und dann nich auf direkten Weg, sondern auch ma den Umweg übert Schlafzimmer nehmen!

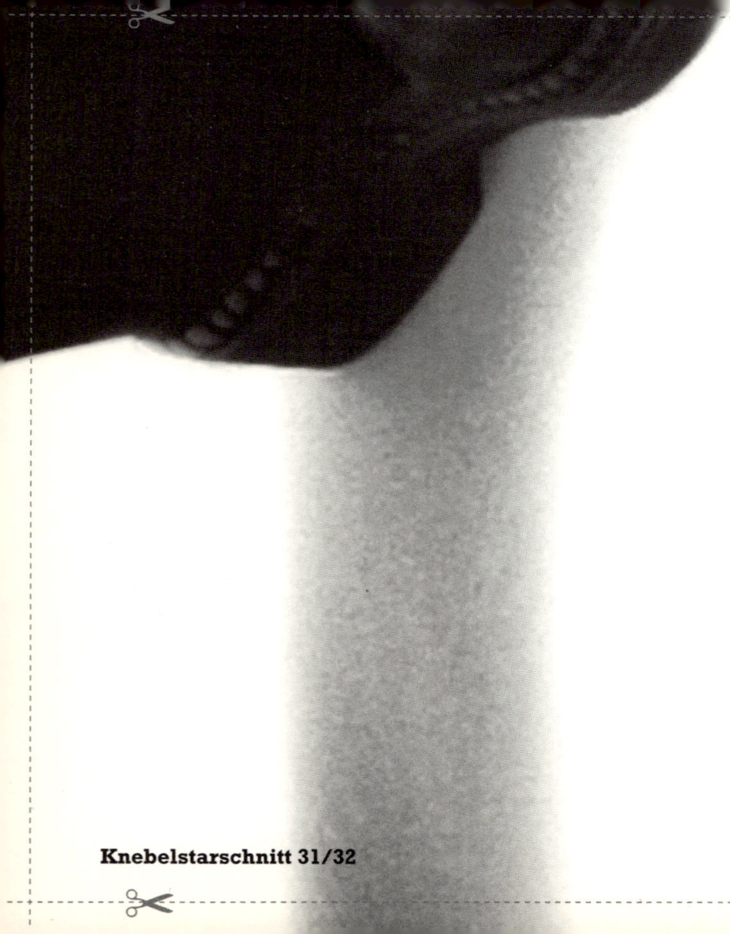

Knebelstarschnitt 31/32

Pechvogel

Boh glaubse, der Hermann Ludewitz, der hat sich schon wieder verletzt! Mein Gott, dat is en Typ, dat is unglaublich! Wie oft se den schon zusammenflicken mussten! Wenn der en Auto wär, wär der schon lange inne Schrottpresse gelandet wegen Totalschaden. Aber er is ja gez kein Auto, sondern en Mensch.

Als Verletzten kenn ich den schon ewig. Schon seit der Einschulung. Da is der aum Weg zur Schule in seine Zuckertüte reingefallen. Aber dat Auge konnte gerettet werden. Dann hat der sich die Griffel anne Tafel geklemmt, sich mim Arsch aum Zirkel gesetzt, oder er hat sich beim Aufhängen vonne Weltkarte mim Kartenständer ein verplettet. Der hat et selbs geschafft, sich an sein Radiergummi zu verletzen! Da hat er so heftig mit gerubbelt, dat der Gummi abgebrochen is, wobei er sich den Daumen verrenkt hat.

Dat is ihm später beim Rubbellos nochma passiert. Mit den gleichen Daumen! Ja, aber da hat er immerhin fuffzich Mark gewonnen. Damit hat er sich direkt en langgeträumten Traum erfüllt und sich en Paar Rollschuhe gekauft. Ja, und dat war für ihn natürlich die Eintrittskarte inne Notaufnahme. Der is praktisch vom Geschäft bis zur Notaufnahme durchgestartet! Der hat sich die noch im Laden angeschnallt, und dann gabs kein Halten mehr für unsern Hermann. Da is der direkt über dat Kopfsteinpflaster inne Straßenbahnschienen geeiert. Ma gut, dat die Straßenbahn noch nich viel Tempo drauf hatte, sons hätt er aber doof gekuckt!

Dafür durfte der dann aber, wenn wir andern Kinder Leibesübungen machen mussten, durfte der aufe Bank sitzen und zukucken. Ja, aber selbs aufe Bank hat der sich einma verletzt! Und so ging dat weiter mit dem. Als Schreinerlehrling hat der keine drei Tage überstanden, und beim Bund hamse ihn schon am ersten Tach nach Hause geschickt, nachdem er sich aus Versehen selbs angeschossen hat.

Mittlerweile hat er so ziemlich alles an Verletzungen gehabt, wat man so haben kann. Aber aktuell hat er gez doch noch wat Neues gefunden. Neulich traf ich ihn mit en eingegipsten Fuß. Ich sach, Hermann, dat is doch wohl nich wahr! Wat hasse denn gez schon wieder gemacht?! Da sacht er, er wär inne Wohnung mit en Eisenteil kolledicrt. Und zwar wär er im Dunkeln vor seine Hantel gelaufen und hätt sich dabei die Zehen gebrochen.

Ich sach, im Dunkeln! Hanteln! Dat kann doch bei dir nich gutgehen! Ich sach, Hermann, im Dunkeln darfs du schomma gar nix machen! Da musse warten, bis einer kommt und Licht macht. Und dann als Erstes Sicherheitsschuhe an und Helm auf! Und dann kannse loslaufen. Du muss einfach ma akzeptieren, dat du anders bis als andere, die auch schomma ohne Helm wat machen können.

Ja, aber er lachte nur und sachte, jaja, Herbert, du immer mit deine klugen Ratschläge! Dreht sich um und fällt über en Baustellenschild. Na ja, is aber diesma nix passiert. Glück gehabt, der Pechvogel!

Hobbys

Boh glaubse, wissen Se, wat ich nich gehabt hab, wat ganz viele andere haben? Ich wusste et auch lange Zeit nich, bis mich Kollegen drauf gestoßen haben. Also, gez nich grauer Star, Bandscheibe oder Herz ...probleme, sondern en Hobby! Wat?!, denken sich gez bestimmt viele, wie soll dat denn gehen?! Ohne Milz, ohne Prostata, ohne Mandeln, dat geht! Aber ohne Hobby?!

Aber ich muss sagen, ich bin jahrzehntelang eigentlich wunderbar ohne eins klargekommen. Ja, und der Kurt Harras und der Helmut Borsig, die sachten die Tage, als wir so gelangweilt zusammensaßen und wir uns nix zu sagen hatten, boh, Herbert, du machs en gelangweilten Eindruck! Du brauchs ma wieder ne Aufgabe, wo du wat erzählen kanns! Ich sach, wat soll dat denn für ne Aufgabe sein?! Soll ich Pfadfinder werden oder Ministrant? Da sachten die, nee, wat du als Aufgabe brauchs, is en Hobby!

Ja, und als die dat sachten, da is mir aufgefallen, dat ich schon seit lange, lange Zeit wirklich keins mehr gehabt hab. Früher, als Kind, da hatte ich sonne Phase, da hatte ich ganz viele Hobbys, die sich so in Sammlungen niedergeschlagen haben. Ja, Fußballbilder natürlich, und als ich ganz klein war, hab ich Glanzbilder gesammelt, aber dat hat mir mein Vadder dann verboten und gesacht, Junge, sammel ma wat Reelles und nich son Tuntenkram! Ja, so war mein Vadder!

Dann hat der mir die Glanzbilder weggenommen und hat mir dafür mein ersten Bierdeckel geschenkt, der der Anfang war von eine umfangreiche Sammlung, die ich mir dann inne nächsten

Jahre zugelegt hatte. Ich war en ganz emsigen Sammler. Ich hab mein Vadder regelrecht inne Kneipen getrieben, dat der dazu beiträgt, meine Sammlung zu vergrößern. Ach, wo ich mein Vadder überall zum Trinken hingeschickt hab! Belgien ... da ham wir den zwei Monate nich mehr gesehen! Und irgendwann stand er vor der Tür. Sternhagelvoll, aber mit nem Koffer voll Bierdeckel! Ja, son Vadder muss man haben! Der is sogar inne Tschechoslowakei gefahren, um mir Pilsner Urknall zu besorgen. Also ... die Deckel von die.

Ja, aber irgendwann kamen dann Flummibälle in Mode. Da hatt ich sofort en Narren dran gefressen. Da war mir klar, so einen musste ich haben! Ich konnte mir ab da en Leben ohne Flummi gar nich mehr vorstellen. Koste et, wat et wolle!

Ja, und der Horst ause Nachbarschaft, der hatte en eigenen Flummi! Und auf den war ich scharf! Also ... auf den Flummi! Und dann ham wir irgendwann getauscht. Er krichte meine Bierdeckelsammlung und ich ihm sein Flummi. Mein Gott, mein erster Flummi! Ich war dat glücklichste Kind von ganz Duisburg-Neumühl!

Ja, und dann bin ich stolz wie Oskar mit mein Superflummi raus aufe Straße und hab den einma richtig tuppen lassen. Mein Gott, is der getuppt! Der is haushoch getuppt, und dann ... war er weg. Wie vom Erdboden verschluckt! Ich war fassungslos! Meine Bierdeckelsammlung weg, mein Flummi weg! Und da hatte sich dat mit die Hobbys schlagartig erledigt.

Ja, dat fiel mir alles wieder ein, wie der Kurt und der Helmut dat sachten. Ich sach, wat habt ihr denn für Hobbys? Um ma sonne kleine Anregung zu bekommen. Da sachte der Helmut, er hätte ne umfangreiche Bierdeckelsammlung, wo er den Grundstock von ein gewissen Horst bekommen hätte, mit seltene historische Motive aus Belgien und der Tschechoslowakei dabei. Da bin ich bald hinten rübergefallen!

Ich sach, Kurt, jetz sach bloß, du has ne Flummisammlung?! Da sacht er, ich bin doch nich doof! Die tuppen doch immer weg. Er würd auch Bierdeckel sammeln. Ja, da hab ich mich da eingeklinkt und mein altes Hobby wieder aufgenommen. Nur, dat ich den Vadder nich mehr brauch, weil ich ja inzwischen ziemlich volljährig bin. Und gez gehen wir ma öfter inne Kneipe und kucken, ob wir ein Deckel finden, den wir noch nich haben. An für sich en schönes Hobby! Man kommt rum und hat immer wat zu trinken!

Knebelstarschnitt 32/32

Nachwort

Na? Und? Also, ich fand et gar nich so schlecht, dat Buch. Ich hab et mir grade selber nochma durchgelesen. Und ich muss sagen, ich war selbs erstaunt, wat ich angeblich alles erlebt hab! Ja nu, man vergisst ja viel, wenn man et nich aufschreibt. Und oft isset ja in der Situation einen selbs gar nich bewusst, wat man grade erlebt.

Zum Beispiel hab ich neulich im absoluten Halteverbot gestanden, also … nich ich, sondern mein Auto. Und ich hab dat aber gar nich gemerkt und hatte mir dat deswegen auch nich aufgeschrieben. Dafür hatte dat en anderer aber aufgeschrieben und mich direkt beim Straßenverkehrsamt verpetzt. Und dann hamse mich abgeschleppt, also … nich mich, sondern mein Auto.

Und ich war inne Stadt gewesen und kam bepackt wie son Muli zurück zu mein Parkplatz. Ich hatte mir endlich mein Jugendtraum erfüllt und mir ne Carrera-Bahn gekauft. Mit Looping, Steilkurve und automatischen Rundenzählwerk, also alles dat, wat man im normalen Straßenverkehr so schmerzlich vermisst. Ja, da war dat Auto nich mehr da!

Ich sofort die Polizei angerufen und den Tatort beschrieben. Da sachten die, tja, absolutes Halteverbot, Freundchen! Wir ham deine Schrottmühle einkassiert! Kuck ma aum Abschlepphof! Und dann legten se auf.

In dem Moment fängt et an zu regnen. Tja, da stand ich da mit mein mittlerweile feuchten Jugendtraum. Und ich hatte nichma Geld für Taxi oder Verkehrsmittel, weil ich ja alles in mein Traum

gesteckt hatte. Ja, da bin ich zu Fuß mit meine Autobahn nach Hause gegangen wie son begossenen Pudel.

Ich hab se dann aber abends noch bei uns inne Diele aufgebaut, weil ich den Tach noch wat Positives abgewinnen wollte. Kaum hab ich den Trafo inne Steckdose reingemacht, macht et puff! Kurzschluss! Sogar der Fernseher ging aus. Mitten inne Ziehung vonne Lottozahlen! Und mein Frau hatte schon 3 Richtige! Wer weiß, wat noch dabei rausgekommen wär, wenn ich der Lottofee nich den Saft abgedreht hätte! Wir werden et nie erfahren.

Auf jeden Fall war durch den Regen Feuchtigkeit in den Trafo eingedrungen, weshalb et zu den Puff kam. Da hatte ich natürlich en unheimlichen Hals!

Nachdem ich ne Nacht drüber geschlafen hab, hab ich mich hingesetzt und dat alles aufgeschrieben. Und beim Aufschreiben wurd mir auf einma bewusst, dat in die ganze Scheiße vom Vortach doch ein Sinn steckte, weil, dadurch is ja quasi ne neue Geschichte entstanden.

Deshalb mein Tipp: Wenn ihr ma richtig Scheiße erlebt, regt euch ruhig total drüber auf, aber vergesst nich, et aufzuschreiben und zu ein Verlag zu schicken. Ihr glaubt et nich, wat heutzutage alles veröffentlicht wird!

In diesem Sinne, euern Herbert Knebel

Nur Fliegen
is schöner!

Bruno Ziauddin
Grüezi Gummihälse
Warum uns die Deutschen manchmal auf die Nerven gehen
Sie kommen in Scharen, sprechen laut und wissen alles besser. Immer mehr Deutsche leben und arbeiten in der Schweiz – und treten dort in so manchen Fettnapf.
«Frech!» (NZZ am Sonntag)
rororo 62403

Ausländer sind manchmal ganz schön komisch

Dieter Moor
Was wir nicht haben, brauchen Sie nicht
Geschichten aus der arschlochfreien Zone
In der Brandenburgischen Provinz möchte Dieter Moor seinen Traum vom eigenen Bauernhof verwirklichen. Die neuen Nachbarn sind für allerlei ungeahnte Herausforderungen, komische Missgeschicke und skurrile Situationen gut. Eine charmante und witzige Liebeserklärung an eine verkannte Region. rororo 62475

Angelo Colagrossi
Herr Blunagalli hat kein Humor
Ein sprudelnder Italiener gefangen in Deutschland
Südländler trifft Teutonen! Angelo Colagrossi bleibt mit dem Zug im Schneechaos stecken. Während in den Waggons das Chaos ausbricht, erzählt er anekdotenreich und urkomisch von seinem Leben in Deutschland und seiner Arbeit fürs Fernsehen und seine Stars. rororo 62591

S 100/1

Weitere Informationen in der Rowohlt Revue *oder unter* www.rororo.de

Wigald Boning
In Rio steht ein Hofbräuhaus
Reisen auf fast allen Kontinenten
Rio ist wie Gisele Bündchen mit Mundgeruch und Paris macht auch mit verbundenen Augen Spaß – diese und viele andere originelle Erkenntnisse bringt Wigald Boning von seinen Reisen mit. Ein augenzwinkernder Blick auf die Unterschiede zwischen uns und dem Rest der Welt. rororo 62580

Sportskanonen auf Weltreise
Unhaltbar, unfassbar, unterhaltsam

Bekenntnisse eines Nachtsportlers
Auf seine unverwechselbare Art erzählt Wigald Boning von seinen skurrilen Trainingserlebnissen und ungewöhnlichen Trainingsmethoden, versieht das Ganze mit Tipps für Sportler und Möchtegern-Sportler und bietet vor allem eins: Amüsement.
rororo 62192

Lutz Pfannenstiel
Unhaltbar
Meine Abenteuer als Welttorhüter
Als einziger Fußballprofi weltweit stand Lutz Pfannenstiel auf allen Erdteilen unter Vertrag. In Singapur saß er 101 Tage unschuldig hinter Gittern. Und in England wurde er klinisch tot vom Platz getragen. Erst im Krankenhaus erwachte er wieder – und zog weiter.
rororo 62508

S 79/3

Weitere Informationen in der Rowohlt Revue *oder unter* www.rororo.de